ANUNNAKI

Narrativa

249

Via Giosuè Carducci, 37 – 46041 Asola (MN)
gilgameshedizioni@gmail.com – www.gilgameshedizioni.com
Tel. 0376/1586414

ISBN 978-88-6867-737-4

In copertina: Progetto grafico di Dario Bellini.

Paola Lila Manno

CUORI DI CARNI

A mia zia Franca, che alla fine parlava una lingua – il tumore al cervello gliela dettava – per "gli operai che nel mondo hanno i nervi a luna piena", mentre lei "ricostruiva cuori".
A sua sorella, mia madre, uno dei suoi cuori pericolanti.
Alle sorelle e a tutte le mie zie.
A chi custodisce. A chi ricostruisce.

Casca il mondo

Nacqui per un miracolo.
È così che mia nonna raccontava.
Rivedo la sua casa. I grandi camini, le cornici a smalto di ceramica. Lucide scene di vita nei campi, le ragazze con cappelli diversi decorati ai frutti delle stagioni. Attorno a quello verde, scene di caccia e un giovane cervo che fugge. Sono sicura- l'uomo a cavallo con il fucile cadrà nel burrone, l'animale sparirà dietro il monte.
Quando non c'era fuoco sedevo in fondo al ventre di pietra e ne uscivo di cenere, senza peso.

Al freddo la nonna porta ramoscelli in fiamme. Fuori dalla stanza tutto è mosso. Foglie residue, rami che si sbracciano e cani che si agitano. Scenderanno dalla neve i lupi?
"Sì, lo so nonna, forse alla nostra porta non arrivano, ma che cosa si nasconde in sere come questa?"
Non fu mai la sua parola solo consolazione.
Le sue storie sapevano di acre e di zucchero. Se trovi miele aspro, ecco mia nonna.
"I lupi? Sarei onorata di riceverli."
Prima ride per la mia paura, poi si china un po' verso il mio volto.
"Vieni, siedi qui e ascolta."

*

I miei genitori erano morti in un incidente e la nonna era tutto. Così credevo.
I suoi racconti erano figure in fumo, nuvola, vento, cenere, acqua di fiume.
Avrei voluto dire: "Non ti capisco, nonna, io non capisco quello che m'insegni" ma era grande, era alta e grande e per me era tutto.
La sera, sedute sul terrazzo oppure davanti al fuoco, chiedevo di quando c'erano ancora mio padre e mia madre.
Volevo ripetesse che i molti doni della nascita mi erano stati rubati all'improvviso.
"Non avevi neanche un anno e le notti di luna facevi esperimenti con l'acqua del secchiello. Ti spiavo, io seduta in poltrona a lampadari spenti e tu all'aria di fuori, il capo ancora calvo. Vivevo insieme a voi, i genitori studiavano, teste di scienziati. Tempo per noi non ne avevano e io li incoraggiavo. Sapevi parlare. Ricorda sempre che c'è stato un tempo in cui sapevi parlare, promettilo."

La nonna continua a raccontare e non mi guarda.
"Una notte, c'è sempre una notte di mezzo con te, ecco il destino con piedi di ferro e di fuoco. Dall'ospedale il medico legale mi ha avvisato- 'Non si affretti, non c'è bisogno di arrivare in tempo'.
Erano insieme, i tuoi genitori, sulla strada senza lumi quando i freni della vespa rinunciano all'abbrivo mentre appare un autobus di spalle ma il fanale sul retro non è acceso. Guida mia figlia.
Non sapevo della festa nel bosco e dello zaino con erbe che io stessa coltivavo qui vicino, nella terra

di tuo nonno. Le avevano prese dalle mie dita, sono io che li ho uccisi, lo capisci?"
"Nonna", vorrei dire, "lo ripeti ogni sera. Lo so. Non capisco ma so."
Continua sempre allo stesso modo.
"Le erbe che estraevo seccavo mescolavo trituravo cuocevo e filtravo erano sparse ovunque in casa e una colpa così non si ripara. In capsule, in polveri, in resine e olio, la riduzione per uso personale è stato un buon lavoro, vendevo tutto fino all'ultimo grammo e vi davo sostegno.
Abile farmacista, sapevo liberare dai nuclei o dalla sommità di un fiore tutti i princìpi attivi. Dopo la guerra ero rimasta sola e senza scarpe, ho imparato da chi mi ha raccolto, ho imparato bene. Non aggiungevo impurità e svegliavo spiriti di bocci foglie e radici. Guadagno ancora bene, solo per te. Non ti ho mai preservato dal pericolo, per miracolo quando eri piccola non hai bevuto o succhiato dai miei barattoli. Mi perdoni?"
Io non mi emoziono più, restano fredde le stoppie della storia, la nonna mi pare un'attrice.
"E come mai non hai smesso? Potresti fare altri lavori, sei ancora forte e non sei vecchia", vorrei gridare mentre invece dico: "Nonna, sarò piccola ma questo mi è chiaro, tu non li avresti fermati."
Mi serve con urgenza una nonna senza colpa. Mi serve buona, la voglio amare.
Alla fine del racconto inizia a lamentarsi mentre vado a dormire.

*

Quella sera è inverno e c'è nebbia nel parco sotto casa.
La nonna prepara un tavolino all'aria sul terrazzo.
I pini arrivano sopra le teste.
"Nonna, ho molto freddo. Non possiamo rimanere in casa?"
"Coraggio, non ti accorgi dei venti d'equinozio? Vogliamo scoprire che cosa dicono, di che cosa ci avvertono? Copriti e vieni fuori con me."
Io, lei, i rami, una civetta, cornacchie sopra gli alberi nel parco, siamo insieme a tutto il resto.
Non ero attenta mentre si piegava e scuoteva, c'era il pasticcio di patate in crosta e avevo fame.
"Sei stata bravissima, nonna."
Le parole scompaiono insieme a tutti i mondi visibili e invisibili.
La vidi attraversata dal fulmine.
Il numero delle emergenze era sul frigorifero ma non sapevo trovarlo.
Chiamai la sua amica della casa di fronte.
Voleva essere bruciata e così verrà fatto.
Ha nome Malina la sua amica, ancora vive.

*

Malina resta in casa sette giorni e sette notti a riscaldare latte e cioccolato. In silenzio apre un passaggio verso di me, che sono molto ferma sulla sedia. Non mi alzo nemmeno per fare pipì. Il latte lo bevo, ma poi niente.
Sapeva di non poter parlare, che non sarebbe servito.

Malina era grassa e tiepida, dalla sua pancia un vapore di lievito, era figlia del forno sempre acceso del miglior panettiere in città.
Mi lasciava come potevo essere.
Non consolava né mi ripuliva. Non mi toccò, non provò mai a sapere se avrei di nuovo camminato. Aveva fiducia.
Quando portava il latte, tra labbra e lingua vedevo in ombra certe sue parole: "Il mondo è come è", pregava Malina a mezza voce. "Non c'è bisogno che te lo ricordi, Signore dei tempi e di tutte le dimensioni. Ora stai attento, non ti è concesso guardare una piccola vivente che affonda, questa vivente è tua, ci sei tu stesso dentro, lo capisci, come puoi tradire te in lei, non lo permetto, la bimba, cioè tu nella bimba, rimettetevi in piedi. Adesso. Perché ti tormenti? Anche tu in lei sei quasi morto, Signore. Non vuoi più vivere? Non ti credo, ma adesso tu crederai a me."
Il Signore si arrese, dopo molte ore, al richiamo di focaccia e figlia che gli arrivò dal fornogrembo di Malina, poi scese nella mia notte.

Ogni volta che il Signore scende nella notte di qualcuno oscurità si infiammano, trappole diventano fiori, dai fiori cadono semi e così ho ricevuto gli abbracci di queste realtà. Forse mia nonna, dal luogo della sua sparizione, ha contribuito.
La settima notte il Signore, mia nonna, il pane, il cielo, tutto all'improvviso sa dove mi trovo.
E fu mattina.
Ero decisa a lavarmi, indossare una maglia nuova.

*

Malina organizzò un trasferimento nella migliore casa possibile, poi tornò alla sua grande famiglia-abitavano tutti insieme, non c'era un mezzo metro per un altro letto, un posto in più e io non potevo rimanere da sola. A dieci nipoti non se ne parlava di aggiungere anche me, non sarebbe bastata quella pancia per tutti. Piangeva consegnandomi alla sconosciuta.

Avrebbe venduto ogni cosa, anche il pianoforte, e versato i soldi a chi doveva nutrirmi, vestirmi e insegnarmi. Potevo essere grata e un giorno, speriamo grande e soddisfatta, avrei restituito lavorando.

Con il suo ultimo abbraccio mi lascia una promessa: "Insieme alle maestre della nuova casa vivranno accanto a te altri bambini. Nulla ti mancherà."

Innanzitutto manca la coperta matrimoniale, quella tessuta per quando sarò grande e avrò un marito. Non ha posto, mi è concesso solo un bagaglio.

Sciolgo la coperta in gomitoli rossi viola arancio e poi turchino e argento. Tutti serrati insieme vengono con me. Un po' nella valigia e il resto nelle tasche del cappotto, che sono grandissime, anche il cappotto è grandissimo, lo avevamo comprato per gli anni a venire.

Gettata fuori di me dall'esplosione del mondo, penso a com'è incredibile che il cuore funzioni ancora, che io riesca a rilevarne il suono.

Il suono del cuore è quello di una marcia pacifica

di angeli accordati a non sbagliare una mossa, non sconfinare, che mantiene l'equilibrio tra le acque e le terre ovunque nei distretti di carne e di ossa. Un cammino di angeli e di ali mi fa ondeggiare il petto.

*

Abitavamo un intero palazzo con cinque piani. Dormivamo in alto, in stanze da quattro. Il lucernaio sopra il mio letto apriva il cielo, sogni d'oro, sogni d'oro. Non era un brutto edificio. Non erano brutte le signore che si dedicavano alla nostra educazione.
Ai piani di mezzo aule scolastiche, sale per i giochi e sale per i colloqui con aspiranti genitori.
A terra la mensa, il cibo è un dono e va accettato dal basso, in umiltà. Preghiere prima di aprire le bocche secche, tutti siamo voraci. Io so imitare, non si accorge nessuno che benedico per finta.
Non mi chiedo perché non sono tra i prescelti, quelli che se ne vanno nelle case vere, insieme a due adulti e forse fratelli e sorelle.
Gli altri bambini fanno presto a entrare e uscire, non c'è tempo per conoscerli.
Così ricorderò che niente dura.

*

Non è una storia da martire, la mia. Non lo è quella di mia nonna.
A casa nostra, la sera prima della sua morte era comparso un invitato.

Veniva ogni anno al sorgere dell'inverno e non lo avremmo rivisto prima di un bel po'. Restava fino all'alba. Era sempre in viaggio, per nave e per aria e credevo fosse un medico.
Mi lascia a bocca aperta quando racconta. Le sue storie si manifestano a chiari contorni, c'è profondità e non solo incisioni nel vento come tra mia nonna e me, questo è saper dire, far vedere, con lui riesco a pensare per intero e ragionare lungo strade senza mine.
Avrei voluto seguirlo.
Io però non sono ammessa alla tavola del tè dopo la cena.
Quello che ascolto è un furto.
"Buonanotte, a domani, bambina."
Non volevo perdere un fiato di quelle labbra e rimasi nascosta per ascoltare.

"Tu lo sai, amica, non spaccio frottole", dice mentre la nonna gli prepara un tè in cui fa gocciolare liquidi scuri.
"Magnifica annata, Sara, a giudicare da questa bevanda hai seminato bene. Dammene un po', per favore, da portare con me. Ho una cosa importante da chiederti. Oh, no, basta tè. Piuttosto, ecco che cosa ho scoperto. Ho visto esseri umani guarire da ogni male, non solo da quelli che curiamo noi due. Ho visto un capo tribù preparare un composto di smeraldo battuto a polvere con una pietra e bagnato con acqua di cascata.
Sei malato e bevi perché sei malato, hai conosciuto uno che lo era e adesso è sano. Ti ha portato a fare come lui stesso ha fatto e questo è tutto.
La fiducia è indispensabile al processo. Le labbra

del malato si tingono, il sonno le sospende. Qualcuno resta a turno a sorvegliare, sotto la tenda del morto in vita, il respiro sempre più lieve. Il composto viene scaldato e spalmato sul petto e lungo le braccia.
Dopo dieci giorni ci si sveglia liberati o si è morti ma non è una sconfitta: altri guariscono quando gli ospedali li rifiutano, ho visto arrivare persone anche dalle grandi città.
Non ricordo tutti gli ingredienti.
Possiamo provare, procedere per esclusione."
Una bambina crede subito alle immagini.
Smeraldi e cascate dentro un corpo, la morte siede accanto e non si muove, non afferra e non pretende per dieci giorni, poi decide.
La nonna ha sempre più caldo, si sveste della lana, si scopre come d'estate.
Insieme alla sua vecchia amata, anche l'ospite è tutto mosso.
Nessuno dei due si pensa meno furbo del capo tribù, in certi campi ne sanno almeno quanto lui, fino a lì era mancato solo il coraggio, anche loro insieme potrebbero fare così, per amore della gente. Farsi pagare perché sanno ingannare, per un po' ancora, la morte.
Evocano foreste dove piove sempre e tutto si può spremere, da ogni erbaccia si beve l'elisir celeste, i muscoli di fiere maligne danno forza, la pelle della coscia di un gallo selvatico riduce tagli fondi, i denti frantumati di asino spingono i tumori fuori dalla pancia delle donne. Per non dire di quello che concedono gli alberi.
"Tutto è una medicina", dicevano.
L'uomo allora, quando la nonna è cotta a puntino,

è sicuro che inizierà l'opera al suo posto. Gli serve una mano come la sua, che sa dove e che cosa toccare, far evaporare, far depositare, rimescolare, separare e riunire.
La nonna gli promette: "Va bene, vecchio diavolo, farò tutto per te, mi serve tempo e inizierò a provarci all'alba, dovrò bollire filtrare o mettere nei forni quello che mi hai consegnato, non lo sprecherò e poi saprai tutto. Berrò domani stesso per capirci di più."
"Ti sono grato, Sara. Solo di te mi fido."
Quell'uomo chiedeva a mia nonna di preparare medicine non ammesse nelle farmacie, lo avevo capito da anni, niente di nuovo. Ma non c'erano ricette precise quella volta. Il capo tribù gli aveva fatto una magia e la sua memoria di esploratore era andata a farsi benedire. Era riuscito a conservare gli ingredienti, ma non sapeva più le dosi.
Sireno è sempre in viaggio, non rischia nemmeno una sua ora in eventuali effetti collaterali.
Si accorge di me, sono rimasta dentro ai braccioli di una poltroncina accanto alla porta della stanza, in ombra e silenzio.
L'uomo ha la vista circolare, perlustra ogni tratto d'orizzonte dietro, davanti, a destra e a sinistra, in basso, in alto. Si avvicina, mi preme sulla testa e dice, più alla nonna che a me: "Perché ci spii mentre parliamo? Non è bene una visione prematura in quest'arte, bisogna prepararsi a lungo, avere compiuto decine di anni."
Non ubbidisco, io resto ferma e l'uomo non insiste.

La nonna non ha orecchie per me, solo per lui, che ora deve andarsene.

Lo saluta e baciandolo dice: "Tra un anno troverai questi rimedi maturati nei vasetti di tutti i colori, appiccicherò le etichette che hai lasciato, non sbaglierò. Senza di te non avrei nessuna idea e non potrei fare niente, tu fai viaggi buoni poi torna qui."
Dove può scomparire una bambina? Chi può avvertire, 'ché faccia ragionare una così?

*

Fu subito chiaro a tutti in Istituto. Avevo bisogno di molte cure.
Mi dispiace per la ragazza che mi assiste durante le ore di lezione perché rimango sorda, paralizzata. Commenti mi circondano a tutte le ore.
"Forse è ormai perduta, che cosa pensa chi l'ha visitata?"
"Niente pensa. La bambina è tutta sana."
"Sana di nervi e testa, vuoi dire? L'ha visitata il neurologo?"
"Serve più di un'indagine."
Chi mi aveva in consegna temporanea si muoveva in tondo. Io stessa disegnavo, sopra un foglio bianco e a matita nera, cerchi perfetti e chiusi quando non dormivo.
Finì che non mi alzavo più dal letto, in classe mi portavano di peso, dovevano vestirmi perché io sonnecchiavo anche dopo la sveglia del mattino. Dormivo, però non mi opponevo ai tentativi di rianimazione.
La pelle del volto si riempie di punti rossi che finiscono in bocca, sono intollerante all'acqua dei rubinetti, calcio e cloro mi grattano, incrinano le ciglia e fanno vorticare gli occhi.

Così la filtrano prima di lavarmi.
Se qualcuno mi appoggiava di spalle e in piedi a una parete e si staccava un attimo, per vedere se mi sostenessi, io non cadevo di peso come una mela. Scivolavo sulla suola delle scarpette blu di pelle di bue, dotazione d'Istituto, e si apriva la terra a infracidirmi.
"E forza, su, andiamo, alza la destra, qui è la gamba sinistra, puoi indovinare almeno il pantalone?"
In classe arrivavo in braccio, a cenci e brandelli.
A otto anni sapevo sparire alla posizione eretta, regredire, tornare senza piume.

Quello che cercavo alla cieca era un seme caldo e primordiale, trofeo e orgoglio di madre, sospinto in volo in bocca solo per me. Essere figlia, fare la figlia.
Se è necessario che un bisogno realizzi la sua soddisfazione allora prima o poi, in una forma o un'altra, da qualche parte questo accadrà.
Vale anche per me.
Così un giorno venne in classe un giovane ispettore, chiamato dal servizio medico di prevenzione e cura dei disturbi di comportamento nei bambini con ritardi cognitivi post-traumatici, che s'intendeva di casi come il mio.
Di fronte a tutti fu rievocato il tempo delle mie vicende- e pareva eterno. Mi umiliava l'ascolto, nemmeno fosse colpa mia quella rogna di racconto.
Il giovane parlava sottovoce, in segreto, slacciandomi e saggiandomi col dito le vene delle tempie perché, n'era sicuro, io sentivo tutto.

Un giorno disse: "Sono qui con un regalo, ho in tasca chiavi per cancelli solo nostri. Uno per uno li spalancheremo e scopriremo che c'è un giardino in attesa, lì dove andremo per vivere insieme.
Se tana ti serve, se tornare al riparo, io posso prestarla.
C'è da me una culla fatta di canne. Ai lati cadono lenzuola di latte e terra di montagna. Te lo prometto. Adesso aiutami, vieni con me fino alla macchina."
Il giovane parlava una lingua tutta sua, pazza come quella della nonna, ma lancinante per una precisione che a me piaceva moltissimo.

*

Firmò tanti fogli, chissà quanto costava quella cura all'Istituto.
Fui presto nella sua casa.
Dove mi prese in braccio e mi posò nel cesto.
L'aveva preparato un artigiano, l'aveva sospeso tra due assi solide.
Quel ventre fu da subito in fermento.
Senza guardare conoscevo le raggianti vie del mattino che dalla finestra si alzava nella stanza, attraversava il tessuto, lo schiudeva, evaporava per bagnare le palpebre, inumidiva le gambe. Si fermava tra le piccole pinne delle dita dei piedi e poi risaliva cercando l'ombelico.
Da quel punto centrale imparavo a riconoscere fiumi che scorrevano per tutta la schiena.
Un arbusto beve al ruscello senza doversi muovere. L'uccello che nasce riceve, senza doversi muovere. Anche io ho questo pieno diritto.

Con una tempia scosto lana bianca, raggiungo fibre di bambù.
Le corde del violino che lui suona mi tendono le mani e tocco la coperta. È un vello d'agnello e mi scaldo a contatto d'un cuore ch'è stato terrestre, un cuore d'agnello.
Il mio animale scuoiato, il morto per me.
Addosso alla sua pelle ha senso il tempo che mi stratifica.

*

Il giovane sperimentatore (che si chiamava Elia) fu pancia, capezzolo e caverna, divenne foresta e mare.
Nel cesto mi portava in giro, ben ferma sul retro dell'auto, e imparai – se non a tenere aperti entrambi gli occhi – a orientarmi agli odori di alghe o fragole, e non potevo negarmi al braccio d'uomo contro cui provare la saliva, la lingua nella bocca. Furono musiche, biberon, massaggi all'olio che duravano ore. Fui allevata, baciata, fui narrata fino alle lacrime, fui creduta.
Per mesi e mesi in culla, per altri nel seggiolone di legno, poi un giorno mi sollevai con un grido che fece saltare le cinghie. Mi tenne in sé ancora dieci mesi, io reimparavo in fretta. Sapevo anche scrivere di nuovo. Scrivere?

Conosco l'alfabeto e incalcolabili composizioni ma ogni lettera, dal segno sulla carta, appena si deposita inizia la sua trasmutazione. Sollevo figure con la matita nera, liberando cose note, comuni- e altre che non ho mai visto. Uova d'uccelli

e serpi, fiori tra i sassi, nubi, fuochi d'ogni altezza, onde navi e pianeti, corone e occhi dappertutto e ali, spirali, legni di sandalo in fumo e chi più ne ha, più ne metta.
Il foglio di carta scritta diventa un campo senza una sola parola leggibile. Come pensare, immaginare frasi e conseguenze fino al punto?
La disgrafia mi avrebbe insegnato la visione che scompone, non il senso dell'intero che trovi sulla mappa. Solo una macchina coi tasti mi avrebbe reso amanuense.
Per il re dei giorni e dei quaderni non c'erano scandali.
Potevo trasformare ogni puntino in quel che mi pareva e lui restava fermo a osservare, ben distinto dal caos.

Mangiavamo insieme, io quello che piaceva a lui. Andavamo a correre, a nuotare.
La sera leggeva fiabe di ogni paese e io sognavo di nuovo durante la notte, quando tornavo a fare in pezzi smeraldi insieme alla nonna. Dentro barattoli di vetro versiamo sulle faville verdi la pioggia raccolta del mattino, prima di farli bollire e nasconderli caldi nella terra. *Tra poco nascerà un rimedio per cuori da rianimare, bambina mia sei fortunata a conoscere Elia, quello che sai con lui tu sai per sempre. Ti guideranno ai lati di ogni strada le sue fiabe.* La voce della nonna era mischiata a un'altra voce in sogno, ma non sapevo di chi.

Le fiabe arrivano da tutti i mondi. Anelli e gran visir, reami cesellati nel diamante in una notte e notti che si ripetono senza spegnersi mai, bambini inghiottiti dalle bocche aperte dei monti, aperte e subito sigillate. Un coraggioso passerà attraverso le spine, alte fino ai palazzi. Paesi sottomarini in cui vivono suonatori di violino e creature mezzo-pesce- quando il povero si tuffa diventa ricco, la fanciulla coperta di fango passa sotto un ponte e risplende perché ha saputo aiutare un corteo di formiche, l'orso lascia vedere sotto il manto bruno una specie di lucentezza che incanta la piccola tra le sorelle, quella che non ha chiesto doni al padre che partiva e poi legge delle nevi di Russia, dei cosacchi del Don, dei krumiri, della *balalaika*, c'è la stufa e c'è il samovar, la voce di un tè che gorgoglia, il profumo di pesca della pelle di una fanciulla e c'è chi va alla guerra e ritorna, lui sta pensando a una sola e quando arriva alla sua casa la neve sventaglia ovunque nella sera infilandosi negli stivali. Gli animali, già nei recinti, salutano il viandante per l'ultima volta. C'è sempre un mantello che gli copre il sangue.

*

Insieme a Elia abito una casa a un solo piano, bianca e con finestre rosse in campagna, nella sua dolce proprietà.

Appena cammino di nuovo, mi porta nella piccola dimora dell'uomo che coltiva l'orto.

C'erano sei filari, ognuno di sessanta alberi da frutto- e qualche ettaro di patate, piselli, fagioli e verdure. Aveva due maiali, l'odore stordiva e inseguiva gli abitanti della piccola dimora.

Conobbi le tre figlie. "Attenzione, però, hanno i

pidocchi", diceva il mio custode. "Non avvicinare ai loro i tuoi capelli di lana caprina, sarebbero grotte in cui non farsi trovare."

Il mio amore è nato in città, ha denti di neve e abita in campagna solo per me, però lo vede anche lui- dalle teste delle mie amiche colano fili di luci e non insetti.

Vicino alle carezze delle bande volanti ai lati delle guance, o al fresco delle ombre di matasse annodate sulla nuca, non c'erano maiali né predatori di frammenti d'uomo, ma pettini d'osso strofinati ogni mattina con l'incenso o la cenere della notte. Non mi regalano pidocchi, solo gesti utili e belli, da non dimenticare.

Avvicinarsi al prugno più giovane, un adolescente saldo il cui seme si è aperto sul crinale attorno alla grata del pollaio. Farlo con il naso tappato per via delle galline che sono più sporche dei maiali e dura poco la puzza, ti abitui in un minuto e puoi stare a guardare mentre in caotici balletti assalgono i più piccoli grani di mais. Andare al prugno per i suoi frutti verdi. Risalire con due dita per intero un ramo, sceglierne uno senza spine, trattenere in mano il fiore di foglie e lanciarlo oltre il filo di ferro, tra becchi e zampe.

Facciamo gare, inizio io. Quale disegno appare nella polvere, nella dissoluzione al vento di quel fiore? Indoviniamo, facciamo presto perché sarà scompigliato dalle corsette delle galline. Io perdo sempre.

Nulla è deciso a caso, il disegno va riconosciuto da una maggioranza, non lo si può solo inventare, deve essere verosimile o possibile e bisogna imparare a condividerlo. Se non è accolto salto un giro, poi riprovo. Le mie tre amiche sono così brave che le immagino a esercitarsi per vincermi.

Una mattina sono pronta a oltrepassare il cancello rosso quando Elia dice: "Andrai fino al negozio, compra qualcosa con queste monete. Sono poche, sono tante o abbastanza? Io non lo so, devi scoprirlo tu. Quello che farai sarà ben fatto."

La prima volta che parlai di nuovo con uno sconosciuto non sentivo pericoli. L'uomo dava consigli: "Siete in quattro? Allora le vaschette di nutella, una per una, un pacchetto di biscotti e uno di caramelle." Resta abbastanza per quattro gelati. Io torno in fretta e non si scioglie il cono, le tre bambine non godono spesso a certi banchetti.
Andiamo sotto il primo noce, finiamo con le pance piene di frutti bianchi, di primizie lattiginose tirate fuori intere dal guscio. Spelliamo un contenuto criptico, simmetrico, un intrico che sa di perfezione.
"Domani porterò un libro, mostrerò che il cervello è una noce. E c'è anche il cranio, il guscio."
"Una noce, tu dici che abbiamo una noce dentro la capoccia? Chi ce la mangerà?", ridono le mie amiche, e io con loro. "Sì, sì, vedrete domani se c'è tanto da scherzare."

Infatti non avremmo più scherzato, era già in atto la rivoluzione.

Torno a casa con mani e narici ancora calde per tutto quel godere.
Il mio custode dice: "Sei diventata grande."

Pare una cosa bella ma ho paura.
"Sei pronta? Io vivo altrove e questa casa è mia, la chiuderò. Ti fidi di me?"
"Dimmelo tu, mi fido? È meglio aspettare, mi hai bendato e unto, mi hai ricucito e vestito, senza di te nulla reggerà, nessun confine."

Mi hai allevato, lo confessi, per scrivere una tesi sperimentale di Dottorato che vale elogi, pubblicazioni e inviti nelle Università. Scegli di partire, era per studiare che mi hai tenuto, ma che cosa cambia? Ti perderò in schemi e relazioni. Hai girato molti film sui miei cammini, io sarò sempre presente nella tua famiglia, mi consoli.

Ho parlato a lungo, ho lacrimato, ma è già deciso: mi lascerà.

*

Il ritorno nella casa in città e a scuola non è stato un trionfo. Bisognava stabilire a che classe assegnarmi. Avevo perduto due anni per quella radicale regressione. "Forse in terza va bene, legge senza ostacoli e fa di conto."
Era così, ma il colpo dell'assenza mi ha tentata a qualche passo indietro.
Non sapevo fermare i piedi sotto il banco o versare la pipì solo dentro di me, nel secchiello della vescica fino al suo riempimento; e c'era sufficiente spazio lo sapevo, però la mia era un contenitore che tremava facendo cadere a terra acqua citrigna appena mi chiamavano per nome. A ogni interrogazione mi bagnavo e le maestre mi lasciarono zitta e seduta.

Nel nome del compagno perduto, così credevo e non nel mio nome, infine decisi di portare a termine il suo compito.
Voleva che vivessi, che imparassi a vivere?
Lui è vivo. Anch'io vivrò. E come?
Mangio a quattro palmenti. Le storie che la sera inventiamo, quando usciamo senza permesso verso il prato del parco di fronte al palazzo – posso anche ammetterlo –, sono sempre più incredibili nel mondo di mezzo che adesso abito.
Le maestre chiedevano di parlare con un responsabile- *è una bugiarda, ama le balle grosse come montagne e possiamo elencarne fino a domani, non si trova una sola stupidaggine utile.*
"Signor Responsabile, non viviamo più nelle foreste, la bambina lo ha saputo questo?"
Eh sì, va bene, grazie per l'avviso.
"Vieni qui, piccola selvatica stellare. Ma che ti gira in mente? Lo sai che a scuola vai per separare i giochi dal reale, e che se insisterai nel tuo delirio ti si dovrà insegnare a tacere?"
"Ho capito, ho capito, non ci arrivate? Sono stata allevata da una donna che aveva un braccialetto con dodici sigilli e la sera sceglievo quale interrogare. Comunque ok, in qualche modo avete anche ragione, è un'altra storia adesso."

Riesco a non farmi bocciare e a sentirmi più alta, le ginocchia sempre a cadere quando un cane da lontano si arrabbia, ma adesso urlo anch'io e se devo correre nessuno, neanche un animale, mi raggiunge.
Presto andrò via, a lavorare in giro per tutti i continenti.

Sono arrivata a undici anni.
Fossi un maschio sarei già fuori da qui, purtroppo sono invece una bambina, m'acchiapperebbe subito la polizia, non c'è niente da fare, aspetterò.

Aspetta e aspetta, a un anno dalla sparizione del mio pastore vennero in due per conoscermi. Non erano ragazzi e nemmeno troppo anziani.
Gli occhi della signora si attaccavano a sacchetti di gelatina, di sopra e di sotto, e oscillavano come molli gusci nell'acqua. Le orecchie del signore erano molto rosa, grandi e dritte.
"Siamo qui per te", mi dicevano. "Ti abbiamo visto, a noi piaci con tutte le tue storie, i fogli sporcati e le lettere enormi fuori rigo che diventano animali, alberi e cose inesistenti. Vorresti venire in questa casa, questa nella foto?"
Un'altra casa? Io capivo- noi siamo quasi morti poi siamo arrivati qui.
Sto per dire di no ma non sopporto che la donna pianga.
Fa caldo, scivolo tutta intera nel verde chiaro delle sue orbite e le trovo fresche e pulite.
Già non ho potere su alcuna risposta per oppormi. Forse è un segnale della vita, che agisce per me dall'assenza, in forma di questi signori.

*

La dottoressa, nella stanza dei colloqui con il divano a righe e un tavolo di vetro, parlò del mio mutismo affettivo: "È dura con l'emozione. Andiamoci piano, va bene? Verrete ancora, ci troveremo qui tra sette giorni."

Ogni domenica il vestito dell'incontro era celeste con cento margherite alla cintura.

Eccomi così, senza tante storie e dopo otto settimane di preparazione, alla mia quarta casa.
Due interi piani per sole due persone e in più il giardino.
Se non voglio parlare, non potranno trovarmi facilmente.
C'erano alberi di così tanti anni aperti a temporali e grandine, con grotte nel tronco- mi sarei nascosta anche lì dentro, se necessario. Sentivo un'amicizia con le loro ferite diventate rifugi.
"Coraggio, vieni dentro, c'è un posto che devi vedere", disse l'uomo tutto contento. Mi presero per un dito (concedevo piccole parti della mano) e fu l'*Apriti, Sesamo!* della favola di mia nonna. Un numero incontrollabile di scatole con dentro i genietti di giochi mai visti, una parete di libri coi dorsi che brillavano e un'altra solo per imbrattare, scrivere o disegnare cose brutte o colorate- quello che viene va bene. Sarei davvero pazza a negarmi la stanza.
"Mi piace, accetto, grazie", ho detto.
"Dormirai in questo letto, sognerai in questa casa, è tutta tua."
Era una mattina di primavera.
Lo stesso giorno a pranzo, in giardino, conobbi i miei cugini e i loro genitori.
I bambini facevano muovere capelli filati a rocchetti di seta. Tinture d'inchiostro, sottile rame, covoni di maggio. In testa a me si sfregava la solita lana con l'acciaio. Sapevano condurre le dita sul tavolo alla misura netta tra la bocca e ogni cibo

nei piatti. Erano modesti, quante virtù tenevano strette nei denti luminosi, guardiani di pericolose cavità da non mostrare mai mentre si mastica. Io tutto avevo scordato?

Non ho provato dolore per le differenze e mentre li guardavo già sapevo imitare.

Alcune cose non mi erano possibili: la treccia o la coda di cavallo, le camicie che non si attaccavano alla pancia, le camicie con il vento tra il lino e la pelle.

*

Al passaggio tra i nove e i dieci anni, quando vivevo in Istituto mi ero ingrandita e adesso, se correvo, il mio peso colpiva a pugni la terra. A sera i legamenti alla caviglia che restava fragile si contraevano dopo le forzature del giorno.

I due credevano avrei presto sminuito l'importanza della fame, la sua invadenza.

Ma no, non era una faccenda semplice.

Hai voglia a ripetermi *bambina, adesso è tutto disponibile, non serve che l'intero pane conservato nel cassetto del tuo armadio lo sbrani la notte, da sola- ora lo troverai ogni volta che vorrai, ovunque.*

Non è questione, rispondevo a me stessa, *che c'entra il pane?*

Grassa, con i capelli scuri tagliati a mezzo collo e mani scrostate al sangue tanto le rodevo, fui iscritta alla scuola più costosa della città.

La gonna corta sopra i calzettoni era un obbligo. Ridevo se le bambine mi pizzicavano le cosce

ampie e dure come montagne.
I dialoghi nella nuova casa non erano parole buone, non ancora.
"Per favore, signora, a scuola ero tranquilla dov'ero, per favore mi riporti lì!"
"Bambina, l'hai capito che non sono una signora, chiamami almeno zia se no non ti rispondo."
"Allora zia, ti chiedo di lasciarmi tornare."
"Non è possibile, abbiamo a lungo cercato e sappi che per te c'è solo il meglio."

Imparo a dire *sì, va bene, sì* perché mi dispiace per mia zia.
Quanto al fare, ecco, è più difficile. Un esempio? Continuo a riempire un armadio di frutta, marmellate, paste frolle e la notte allestisco banchetti privati, invito al massimo il gatto che non sempre accetta un morso dal piatto. Chiudo la porta a chiave, è o no la mia stanza?
Si arresero gli zii che ogni due mesi dovevano cambiarmi guardaroba- di taglia in taglia, perché anche in altezza andavo sempre su, pareva non dovessi più fermarmi.
Com'ero diversa, cambiavo ogni minuto, dove sarei arrivata?
Sguardi stupefatti di compagne e ragazzini non lievitati mi temevano.
Esagerata nelle dimensioni, mi sentivo forte di fronte a chi non sapeva che due anni prima ero in culla.
Tutti mi suggerivano soluzioni in matematica, ai compiti scritti bastava un sopracciglio alzato o un occhio obliquo e mai dovevo chiedere. Rischiavano per me, trovando sempre una maniera di la-

sciarmi sul banco le risposte.
Facevo della mia abnorme costituzione una realtà vantaggiosa, invece che disperarmi di fronte a uno specchio- era così imparare a vivere?
Da quando il vello e l'agnello e il dolce allevatore, il mio creatore diurno e salvatore notturno mi avevano lasciato, volevo occupare tutto lo spazio che si era messo tra noi, farmi corpo di mezzo che ci unisse.

*

Elia non tornò.
Altri dovevano occuparsi- insegnanti, medici e psicopompi- del mio gigantismo.
Sbranare tanto cibo non favoriva prognosi a breve termine.
Fu impiegato un esperto di nutrizione. Potevo farlo fuori in un boccone.
Erano piccoli anche gli zii, è chiaro che non appartengo a stirpi delicate.
Nessuno lo diceva, chiunque immaginava: *non sono i suoi parenti, dove l'hanno acquistata quell'orchessa*?
Non smisi tanto presto d'invitarmi a solitarie tavolate.
Sarebbe durato per sempre, io seduta sopra il mondo l'avrei spezzato con un semplice morso?

Il terzo miracolo viene senza permesso, è un dono che non ho chiesto, come quello della mia nascita e quello del mio tornare in piedi.
La zia saltella sopra una risata: "È un mese che rimani uguale, è finita, abbiamo vinto. Sei altissima,

pesi troppo, è vero, ma potrai rimediare."
"Io non rimedio, io voglio rimanere grande e grossa, demoniaca, vendicativa, ridacchiante e senza limiti."
"Eh no, basta. C'è una cosa che devi sapere", dice la zia come ogni madre a una figlia di una certa età, quando ha un piede dove finisce l'infanzia e l'altro in qualche terra spaventevole.
"Tu non sei un mostro, non sei un divino inganno, è arrivato il momento di parlare chiaro e che tu veda le cose nei fatti.
È stata la paura durante la trasformazione a farti immaginare quello che non c'è.
A quanto pare, il tuo problema è sempre solo: quello che non c'è oppure non c'è più.
È tutto a posto adesso, fidati.
Solleveremo dagli specchi i teli bianchi che ti abbiamo permesso di attaccare alle cornici, decidiamo insieme, va bene? Patti chiari, perché oltretutto noi non ne possiamo più, le tue trovate ci sminuzzano. Adesso ti fermi, adesso decidi e ti metti a vivere seriamente."

Imparai nel tempo, con le buone e le cattive, la cosa più importante, più di ogni dolore.
A undici anni certe decisioni le prende il corpo, che sta non solo nella carne individuale ma anche, e più diffusamente, in quella collettiva e di famiglia.
Questo corpo non solo mio decide e cambia in relazione a quello di altri, di chi divide una casa, un campo, una nazione con la sua lingua.
Lo fa senza consultarmi, sceglie.
È così che funziona un destino?

Io ne avevo uno tutto diverso, sparito anni prima. Al corpo ne serviva un altro.

Se fossi un maschio sarei già in corsa verso un orizzonte. Allo specchio fui obbligata a scoprire di essere comune, certo, e per di più femmina- una ragazzina, alta e di giusto peso.
Mutarono i capelli, non grattavano più. La pelle sbiadiva, somigliava alla luce.
Dov'era andata la mostruosità, dov'è scomparsa?
Si festeggiò il miracolo. Ero stata, finalmente, sconfitta.
La resa fu senza ricatti né ripensamenti.
Mi ospitava un piacevole recinto di doveri necessari, regole condivise, confini conoscibili. Tutto questo protegge, ricorda la coperta di tua nonna, mi dicevo ogni sera e così mi confortavo.
Studiavo, mangiavo solo durante il giorno, andavo in palestra, non stavo male con altre ragazze.
Scrivevo sulle piastrelle del bagno, insieme a Dasa, con un pennarello rosso e a caratteri giganteschi AMO A., che era bello sì, e quanto non si può dire.
Dasa sveniva ogni volta che lui rideva, nei suoi capelli si specchiava e negli occhi le mancava l'aria. Avrebbe pagato tutto il suo futuro per asciugarlo e bere sudore durante le partite di tennis, o quando aveva il raffreddore e tutto in lui era umido e scottante.
Infilavo bigliettini anonimi per A. sotto la porta dello spogliatoio dove si preparava, sceglievo insieme a Dasa il lucidalabbra in suo onore, e qualche volta mi divertivo.

E la notte? Era cambiata la notte?
Ricordo un campo secco, un fuoco e un bambino tutto nudo al centro di un cratere nel deserto. Era da solo, che gridava a fare. Sabbia gelata sotto mobili stelle.
Tutte le ore senza dormire disegnavo la sua faccia di quattro anni mentre si scomponeva, bocca o caverna era lo stesso, pelle e brace lo stesso, il suono delle urla chiamava tigri che lo raggiungevano.
Solo a partire dall'alba io nel deserto, nella casa del bimbo abbandonato e spoglio mi concedevo un breve riposo nel letto più morbido della città.

Di che cosa mi avverte l'infinito racconto che si offre e non si fa capire?
E se una buona volta la smettessi di volermi ricondurre a quello che non posso capire?

*

Molto tempo dopo, quando vivevo ai bordi di un fiume, avrei ricordato i modi in cui ogni luce si nasconde solo per tornare.
Intendo un come, una somiglianza, non la verità-che all'irriducibile non si adatta per nulla.
C'era una storia terrestre, quale che fosse.
Ero stata umana. Non nata da una stella divoratrice, i miei genitori morti quasi bambini, mia nonna colpita da una bomba a cinquant'anni, ero stata affidata a due brave persone e mostravo problemi di comportamento, alcuni resistenti e altri passeggeri.
Se avevo dodici anni sembravano milleduecento.
Quanto sarebbe durata ancora?

Un canto dice che alla fine di tutte le fatiche – anche le più cieche – c'è un campo di gigli, è da qui che vi ho scritto.

Le metamorfosi del favoloso A. (una fiaba vera)

Tutto iniziò sul finire di un giorno uguale agli altri.
Tornato da scuola, bevuta la tisana preparata dalla madre, il piccolo A. la sera aveva la febbre. Non una febbre qualunque. Portava l'impeto di tante bollicine rosse che non si potevano toccare.
Era forte e sano, non ricordava di essersi ammalato.
Le bolle furono, una per una, rinfrescate all'acqua di calendula e persero il volto sulfureo. Passarono da un colore mutevole a uno stabile. La febbre lo lasciava ma non quelle piaghe in rilievo che divennero strette e verdi, avvolte attorno a un asse. Senza il permesso di A. tessevano la sua superficie, unendosi e contraendola. I piedi si tendevano in basso, in fondo. I piedi pesavano molto e una notte sognò che avevano penetrato la terra, attraversando mattonelle friabili. Sognava suoni mai uditi, un ritmo di cose che si crepavano secondo brevi cicli, un'onda di pelle che si espandeva, un ruscello che lui in qualche luogo risucchiava e faceva salire da un pozzo.
Da quale pozzo? Chi beveva, dove si conteneva un fluido sconosciuto? Non lo sapeva.
Non faceva che sognare, domandare, essere spaventato.
Una mattina ascoltò quello che medico e madre dicevano in cucina sottovoce. Il suo udito si era allungato. "Sarebbe una perdita di forze seguitare

a disperarsi”, dissero tra loro. Stava per diventare un albero e non c’era nulla da fare per opporsi alla malattia. Bisognava accettarla.
Attorno al letto di A. scese una tenda nera. Come sostenere l’inevitabile? La tenda nera gli chiuse gli occhi, e A. cadde nel pozzo di fango del destino. Un albero? Impietrito, senza bocca, senza gambe, senza ridere, senza giocare, uno senza casa che si prende tempeste?
Quando era sveglio la madre gli diceva: “Saremo sempre insieme, ovunque tu sarai. Non serve paura. Non sappiamo nulla di quello che accadrà. Può anche essere bello, chi lo sa?”
Il figlio aveva freddo, incubi e vergogna. Perderò il mio futuro, pensava.
Nel corso di una resa in cui elementi estranei occupavano l’intero territorio della pelle, e bussavano a tutti gli organi, mentre i piedi ingigantivano si accorse di non sapere più respirare nel vecchio modo. Impossibile trovarne uno nuovo, adatto a scacciare il singhiozzo? Per calmarlo, la madre gli narrava nomi e geografie di tutti gli alberi e gli arbusti conosciuti.
A. ricordò.
Come tutti i bambini aveva desiderato una capanna sopra un alto ramo per vivere al riparo dai giganti, mangiando pinoli liberati dalla stretta di tante lingue di legno, oppure le pere- e ricordò l’odore degli eucalipti estivi lungo il viale verso una spiaggia, i segreti delle sue foglie che facevano del cammino un bagno di balsami.
Un grande noce costruiva casette di legno a custodia dei frutti, che nell’intimità indicavano sentieri tra monti e valli. Insieme agli amici, seduti in

cerchio con un bottino di gusci che aprivano coi denti, A. spellava sottili rivestimenti.
Si era arrampicato sui meli e amava il suono dei denti all'esatto ferire la buccia. Succhi deliziosi inondavano la lingua prima di farsi inghiottire.
Aveva abbracciato insieme alla madre il tronco di un faggio di cinquecento anni con tanti figli e nipoti e pronipoti, tutti forti. Sembravano molto amici.
Lo avevano incantato i fiori delle magnolie cinesi piantate in città. Petali di seta e perla restavano a maggio sul terreno in pozze di rosa, cadevano e restavano, senza ammaccature, ancora qualche giorno al suolo. I bambini si giravano a guardare, rallentavano il cammino dei giganti, chiedevano come si chiamano che cosa sono, e avevano il permesso di raccoglierne fino a casa. Ce n'era per tutti, per via.

A. tornava così al contatto con gli alberi della sua breve vita.
Fino a che arrivò il giorno in cui la malattia fu insopportabile. Se ne accorse la madre, decise che non più d'alberi ma della vera storia di A. doveva raccontare. Quella che non gli aveva ancora donato perché aspettava diventasse più grande. Adesso che la sua umanità s'intrecciava con tronchi e radici, non c'era più tempo. Gli consigliò di riceverla come si fa con un sogno molto limpido- non si sa mai se sia vero o parli a fantasia, ma si sa che si è vissuto proprio là, dove il sogno ha condotto.

Il bambino che si trasformava ascoltò, che altro poteva fare?

Quando A. compì trenta giorni si trovò sopra un marciapiede di un villaggio in piena siccità. Nessuna delle ragazze distese accanto al neonato poteva donargli latte. I genitori erano bruciati nelle fiamme della loro catapecchia, per una distrazione d'ubriaco, cose che capitavano. Il piccolo appena partorito era stato scagliato fuori, lontano. Le ragazze lo avevano portato sul loro pezzetto di gradino. Mangiavano qua e là, ma un neonato? Avevano deciso di consegnarlo alla polizia o cercare un rifugio per orfani nella città vicina. Una donna passò e lo portò al sicuro dopo aver parlato con le sorelle.
"Così anche ora. Presto sarai fuori pericolo, io sono con te", disse la madre.
A. non era confortato al racconto dell'origine, perché i dolori non sfumavano per niente. Le verdi cose addensate si aprivano, stavano ormai alla luce a testa alta e la madre non sapeva lavarlo.
Piangeva, e spazio per la sua storia umana non ce n'era.

La madre non si fece spaventare. Chiamò a una festa tutti gli amici, l'intera città venne a trovarli. Mostrò i vantaggi. Avrebbero potuto ritrovarlo nello stesso posto in ogni momento, parlargli con l'orecchio attaccato al tronco, toccare il nuovo corpo in silenzio, amarlo specialmente nelle ore più calde.
La trasmutazione ebbe inizio dopo la festa, con decisione.
Nel giro di tre giorni non parve in nulla ancora un bambino.
Si ritrovò senza braccia né gambe, riassorbite in

un'asse centrale che garganellava di giovane linfa. Stordito da quel flusso continuo su e giù per il corpo, seppe che anche nella nuova vita aveva un cuore. Un cuore resinoso. Il sapore della linfa era un intruglio materno di molti elementi, in un crogiolo dove nessuno gareggiava per sopravanzare un altro.

Quella bevanda sempre in movimento ingrandiva le dita di sopra e di sotto, aveva da creare radici e rami dappertutto.

Il bimboalbero imparava in fretta.

Non aveva un naso? Divenne lui stesso un naso, scoprì che i pori e le fessure del suo corpo erano sempre aperti. Scoprì la relazione con l'ossigeno e i vapori, i fiati che abitavano lo spazio, l'accordo tra l'aria e il suo cuore.

Spuntò e si allargò, in sostituzione della testa, un sombrero di pino marittimo.

Dalla finestra entravano venti salati.

La mamma lo prese in braccio, finché era leggero, e lo portò davanti alla casa. Chiamò di nuovo gli amici e insieme aprirono una buca, accesero fuochi, suonarono tamburi, cantarono auguri e danzarono.

La prima notte, nella terra attorno alle radici si aggregava una materia in continui impercettibili aggiustamenti. Carsici fiumiciattoli di soffi e sostanze si spostavano, si riunivano e la linfa era orgogliosa di andare, tornare, avere una meta, tendere in alto il centro della terra bollente, rituffarcisi, prenderne forza.

Il suo lavoro non era fatica.

*

Lungo il tronco passeggiavano insetti. Tra crepe di corteccia suggevano la goccia d'oro e di tannino custodita nella lacrima di resina e sapevano raggiungerla senza rimanerci attaccati.
Piantato al fianco di un chiaro corso d'acqua, A. imparava l'abbraccio della luce all'ombra- perché era lui il campo dell'alternanza.
La mattina un lato vibrava e l'altro lato non era contento. Anche alla parte scura sarebbero toccati una carezza, un bacio improvviso se era estate. Lo seppe nella ripetizione, nel tempo.
La cura arriva in ogni luogo.
Sa che esisti, se non intralci il suo passaggio potrà toccarti. Non agitarti, resta, manda segnali e se qualcosa ti fa lo sgambetto non rotolarti nella fossa, ma torna e fatti trovare.
Vorrebbe dire a tutti le cose che imparava da sé stesso.
Vorrebbe ancora dire con parole.

Gli sfilava di fronte tutto il giorno il mondo intero. Balbettare di bambini, richiami di nonni, premure esagerate, battaglie di fratelli, ritornelli, saluti, donne che dicevano di non ricordare una sola ora in santa pace, lamenti, risatine, grugniti accennati e senza coraggio per diventare urla, padri che a volte pensavano ad alta voce di non aver voglia di tornare alle loro piccole case.
Più di tutto gli piaceva essere accerchiato da suoni di nomi di bambine coi capelli lunghi, manifesti di grazia. Facevano finta di ballare su qualche famoso palcoscenico.

Studiosi leggevano sulla panchina, sempre tra il crepuscolo e la notte. Scrittori con carta e penna guardavano dritto e lontano senza mettere a fuoco ma sapendo quello che c'era. A. avrebbe voluto solleticare con un ciuffetto delle sue punte le loro mani per dire: *scrivi di me che vedo te!* Oppure spedire una piccola dura pigna proprio sul foglio bianco, per aiutarlo con una prima idea compatta. C'erano cani senza compagni a regalare pulci, gatti che lasciavano altre tracce, scoiattoli venuti a raccogliere qualcosa da terra, subito derubati da altri scoiattoli sospesi lungo le sue braccia.

Non trovava insopportabili nemmeno le formiche a migliaia, gli scarafaggi e i topolini.

Tutti accoglieva a rami aperti. Era fatto così, adesso.

Custode di mondi diversi, non li giudicava. Si dedicava all'osservazione di vite al di sotto dei suoi occhi, come di quelle al di sopra.

Un attore sulla panchina registra, sempre alla stessa ora, letture per la sua radio. Una di queste parla di uno scarafaggio.

Somiglia alla mia storia, sentì A. con il cuore di linfa che accelerava salite e discese. Pensò che gli fosse andata meglio. Ma in fondo che male c'è a diventare scarafaggio? Pensò anche.

Mi piacciono davvero, li vedo dalla punta dei miei occhi d'ago quando la bardatura brilla e c'è la luna, hanno una luce nera. Ai lati, agli inizi del corpo, antenne manifestano il desiderio di toccare o essere raggiunte. Accetterei un'ulteriore mutazione a patto di nascere nelle vicinanze di un albero come me- uno che apprezzi la corazza, il colore, la complessa delicatezza dell'insieme.

Questa differenza sperimentava tra sé e gli uomini, certi di rimanere sempre quello che alla nascita paiono essere.
Io, tal dei tali e fatto così e così, come tale morirò, si dicono. Per A. questa certezza non aveva più senso. Tutto attorno a lui cambiava sempre.
Alberi fratelli, fiori, animali grandi e piccoli del prato- tutto si allontanava dalla sua forma, poi ritornava e si ripeteva ma era sempre diverso. Nemmeno un ago nelle sue braccia saprà mai essere come un altro ago.

Nel suo nuovo mondo A. imparava a riconoscere ogni stagione all'inizio- e divenne esperto nella lettura dei segni.

Se un brivido partiva dal suolo e toccava il centro, ecco l'autunno.
A. non scoloriva e si mostrava generoso, facendo freno ai venti e alla pioggia, verso compagni disposti a lasciare andare in basso foglie che ridiventavano terra. Passaggio a polvere, rimpasto in acqua, nutrimento.
Ogni anno si rinnovano i rituali. L'autunno per gli uomini è tempo di poesia.
Si accendono candele al crepuscolo. La sera dell'autunno è un piccolo fuoco allestito per uso personale. In questo fuoco prendono posto i poeti. I poeti vorrebbero conoscerci, pensava A., e lo dicono senza vergogna, si spogliano un attimo poi si ricoprono. Queste cose un albero le sa.

L'inverno? Nel giardino era ovunque un lucido sognare, il freddo che correva a voce alta dal mare

o gocciava dai monti faceva incantesimi nel sonno. Il gelo in cui nessun uomo mette le mani serve ai nuclei dei semi, a crescere in pace e profondità durante le notti di neve- quando bastano le stelle a chiarificare lo spazio in terra, anche senza luna.
A. restava, nel suo colore verde, sempre sveglio. Il vuoto che l'inverno scopriva era un travestimento della pienezza. A. capiva, sapeva, che il buio permette una speciale libertà.
Conobbe, immaginò, le mani dell'uomo che trecento anni prima avevano piantato un giovane olmo.
Sotto il noce più lontano, sulla collina, si riunivano le donne di un villaggio. Nelle ore di eclissi portavano corone di foglie attorno alle teste in cui restavano impigliati capelli-matasse per tutti i colori, dal quasi bianco al nero.
Un gelso sognava di quando, in estate, avrebbe fatto da protettore alle api, alle formiche e a molti animaletti impertinenti, avventurosi e golosi. Per il gelso non c'era alcun problema, era nato così, adatto a regalarsi.
Con tutte le cose che raggiungeva senza muovere un passo, la vita nuova iniziava proprio a piacergli.

E quando era bambino- che cosa aveva saputo della primavera?
Al primo uccello tutto fu silenzio, un attimo che non finiva. Poi, all'improvviso, i compagni di giardino si levarono di dosso la polvere. Alla voce del secondo uccello già si salutavano, scuotevano uno verso l'altro boccioli, future forme. Tutto era

spasmodico, tutto correva. A. partecipò con un diffuso prurito, nei punti in cui gli aghi si allungavano o in quelli che si aprivano ai nuovi. C'era caos di gesti, corse e armonie, un dirsi *forza, è tempo, è questo il tempo di fare, non più solo sognare, abbiamo ricevuto l'invito al banchetto.*
Ci rivestiamo, profumiamo.
Uomini, bambini, ragazze, cavalli, cani, scoiattoli, colombe, e in alto il nibbio, le aquile gli sparvieri, in fondo pesci, meduse, granchi e sotto la sabbia uova di tartaruga- in ogni spazio larve di ogni genere emisero in coro una vittoriosa polifonia di liberazione dalla custodia.
Una sinfonia e l'attimo dopo un disordine. Ognuno spande il proprio richiamo alla collaborazione. Ogni punto è il centro di una festa.
Anche A. è molto allegro.
Aspetta di rivedere l'amica Talpotta che, seppure un poco in carne, poteva scavare e creare in destrezza i suoi cammini sotto il mondo e raggiungere luoghi che nessuno avrebbe mai visto. Lei stessa non riusciva a vedere ma non le importava. Sapeva ostacoli, veleni, pericoli e quando osava mettere il muso all'aria, si ritrovava sempre sotto l'ombra di A.
Amava le fondamenta di ogni cosa che si alzava e quelle amiche le lasciava in pace, non le sgranocchiava mai. Talpotta considerava gli aghi di A. un sicuro segreto. Era così esperta nell'arte di nuotare dentro la terra, così furba che nessun rimedio umano aveva la meglio sul suo agire, fare perfette fosse e colline, tirar via gambi di fiori o interi campi di patate oltre le aiuole.
"Salute, amico!", si fece scorgere una sera di luna.

Con A. nel mondo di sopra c'era sempre un posto pronto, aperto lungo le radici. Lo aveva eletto a domicilio e nessun cane osava raggiungerlo. Quando tirava il muso fuori dalla terra più volte al giorno: era quello il segnale dell'estate per A.

"Ti porto dal basso una notizia", disse Talpotta. "Sei diventato un rubacuori. Una bella Bruga si è presentata, dicendomi da dove arriva e che tu non riesci a vederla- ma lei ti vede, eccome! Vede quello che di te non sai ancora. Mi manda a dirtelo, vorrebbe che la seguissi ma non so dove. Le parlerai?"
A. pensò che Talpotta volesse prenderlo in giro, una specie di scherzo d'estate, e che si divertisse a parlare del niente. Un cespuglio innamorato di un albero come lui? Ma dai. Si limitò a ignorarla e a stuzzicarla con una piccola pigna che le cadde sul dorso.
A Talpotta non restò che dirlo a Bruga. Mentre si scambiavano confidenze, l'estate maturava.
L'estate non comprendeva l'ansia di anticipare tipica degli uomini e non se ne faceva sminuire. Non frenava. Non s'interessava che a sé stessa. L'estate correva, ossessionata dal confronto con la primavera. Chi applaudiva meglio alla luce? All'estate non restava che godere.
Infine lo sfacciato splendore si ritrova ogni volta senza un centesimo di forza.
Qualcuno rimane sveglio di notte sulle rive del fiume. Tra poco sopra l'acqua la mattina vedrà scaglie rapprese, e non intende perdere l'annuncio del gelo, per correre a distribuirlo a valle.

Fu di nuovo annunciata una povertà non priva di promesse. Furono riaperti i cancelli dell'autunno, i bruniti sentieri della perdita.
Perfino A. era stanco. Gli aghi fermarono la crescita, disponendosi a sostenere le decisioni dei cieli- fossero acqua, ghiacci oppure venti e polveri su ogni ramo. A. sapeva: la via non è resistenza, è piegarsi. A dispetto del tronco molto fermo gli era chiesta morbidezza, non paura.
Salutò le foglie che gironzolavano, disse loro che le avrebbe bevute con la pioggia e nella linfa.
La scena è all'ossatura, le luci nelle case sempre accese.

*

Una notte c'era odore di neve addensata in alto, ferma, che non si regalava alla città. Le dita delle nuvole freddate a stretto pugno. Dietro di loro salì una luna; allora le nuvole cedettero al desiderio di avvicinarsi a lei e si mossero, si toccarono e si scaldarono, formando i cristalli che la terra aspettava.
A. vide le madri correre alle porte, chiamare i figli.
Quando smise di nevicare era quasi cieco, tutti i suoi occhi si tolsero di dosso un cappellino di fiocchi freschi. C'erano pupazzi senza braccia, perché ai bambini era stato insegnato a non strappare rami.
Il bianco in terra e lassù nella luna, che ora si manifestava, faceva pensare a un alimento. Custodia di pane covato, latte cagliato. Quel freddo era allegro e ognuno poteva contare sul fatto che una tana, una dimora, un fuoco l'avrebbero accolto.

Per la prima volta, da che era albero, pensò a un uomo che dormiva sulla panchina.
Adesso A. apparteneva agli altri mondi- poteva limitarsi a osservare e se possibile stare bene, distante dalle fatiche degli uomini. "Non vorrei di nuovo essere come loro", disse al freddo.
Però sentiva una specie di nostalgia in tutta la sua linfa.
Sì, c'era un vivo colore dentro quel ghiaccio.
"Com'era? Com'era un battere di carne al centro del petto? Perché me lo indica il riflesso di verde e di rosa in questi minimi fiori che ora vedo? È il cespuglio, era solo un'ombra ai confini del giardino, ma come porta fino a qui il mio ricordo umano? Che cosa ha che fare con me?"
Per far tacere questi pensieri A. si decise a parlare con Bruga perché il viola e il rosa, il punto di fiamma e il punto di bianco nella fiamma provenivano proprio da lei.
"Non guardavo mai verso di te", le disse A. "Ora ti fai riconoscere. Che cosa vuoi, come sai di quando avevo un seno di bambino? Sei tu che me lo hai fatto sentire, non è così? Sei una specie di strega?"
"Non giudicarmi dai filamenti", disse il cespuglio. "So come appaio e che percorro spazi orizzontali, mentre tu sali sempre. Voglio che la tua altezza rotoli molto lontano da qui. Ecco che cosa ho da dirti. Che devi venire con me, che ti riporterò da dove sei venuto."
"Non sopporto la magia", rispose A. "Ne ho abbastanza di trasformazioni e la mia vita mi piace molto così com'è. No, grazie tante. Ti chiedo di lasciarmi in pace."

"Che cosa temi? Seguimi, è notte, non riusciamo a dormire per il freddo, siamo svegli solo noi qua attorno", disse Bruga e non attese risposta.
Espresse un elisir dalle minuscole campanule a grappolo, confuse un vapore dal fondo della terra, che trovò la via dell'esterno attraverso i vuoti negli strati granulosi della neve. Lo spedì nelle fessure delle croste di A. lungo il tronco e lo infilò nelle aperture in cui nascevano gli aghi.
Aveva imparato quell'arte dal cespuglio madre, ch'era infallibile perfino tagliata, portata in fiore nelle cassette di plastica per i mercati delle città. Quando spirava memorie di selvatici succhi medicinali, subito una signora chiamava: "Aspetta ragazzo, che cos'è questa, come si pianta, come si tratta, ne vorrei una, c'è qualcosa qui."

Così nemmeno A. poté sottrarsi.
Chiuse gli occhispilli, seguì quel fiato, accelerò il saliscendi della linfa.
Le radici si levarono senza dolori, strappi o forzature.
Riconobbe le dita di un piede- e per la prima volta in quel suo tempo d'albero furono passi in aria e in terra, giravolte e capriole.
"Non posso crederlo reale", diceva A. "Ti ho avvertito, niente magia per me."
Bruga non rispondeva a quell'ingenua creatura.
Si limitò a fargli sapere che per danzare non c'è bisogno di gambe.
A. seguì gli insegnamenti per tutto l'inverno e imparò.
Smise di chiedersi come mai proprio un cespuglio fosse maestro e amante ballerino- così, con un

corpo senza proporzioni e dita che sporgevano in ogni direzione.
Mentre danzava, A. vedeva e ricordava.
Sentì di nuovo un petto umano, in cui sapere che il respiro è il barcaiolo di un viaggio fatto d'onde. Arterie, tendini, muscoli, passaggi e raccordi, ancoraggi e ripartenze. Sangue pelle dita carne. "Soltanto in me è ovunque il ritmo?", chiese a una pietra. La pietra ammise che anche lei, dentro di sé, danzava.
Bruga lo portò lontano e a un certo punto se ne andò, senza saluti.
A. fu di nuovo solo.
Così a volte spariscono i maestri.
A. bevve succo di tradimento: non sentiva più il suo pezzo di terra sotto il tronco.

La vita nuova è dove finisce la vecchia.
"Piccolo, tu, piccolo. Riesci a sentirmi? Riesci a tenere un occhio aperto per un istante?"
"Chi mi parla? Voglio stare fermo, dormire. Non rispondo ma sanno che sono qui. Mi toccano, lo scoprono. Non c'è luogo per nascondermi. Ero un bambino, sono stato un albero, che cosa c'è ancora da fare?"
Un medico parlava e sorrideva: "La sospensione dei farmaci prosegua, il cuore viaggia senza aiuto, il respiro si allunga. Evviva, non è stato un gioco da nulla riportare tra noi questo bambino."
"Non mi prenderete. Nessuno potrà svegliarmi" pensava A., ormai senza rami né chioma né linfa né radici né cielo né giardino.
Sapeva di essere in un letto ma non a casa di una madre. Era un letto d'ospedale. Non aveva idea di

come ci fosse finito. Sapeva solo che non voleva starci.

*

L'orfanotrofio era stato la residenza invernale di un Re. Una foresta in miniatura il suo giardino.
I piccoli giocavano, studiavano e mangiavano tre volte al giorno, venivano riempiti di vitamine e crescevano. Il governo se ne prendeva cura, erano i figli di una nazione che lievitava la sua importanza in tutto il mondo, dello Stato con armi e risorse e dei lavoratori che non dormivano mai.
A. lì dentro non era felice. Infuocato, sempre all'attacco, non aveva amici e la sera del suo decimo compleanno era scappato- correre, correre fuori, strada sconosciuta e avanti a occhi ciechi.
Per un po' le gambe lo accontentarono.
Il maestro aveva mandato i sorveglianti a riprenderselo ma loro appena usciti dal cancello si erano fermati al chiosco di fronte a bere una birra e fumare, e avevano perso le tracce.
Finì quel breve viaggio in una specie di foresta senza luci, che interrompeva i caseggiati tra un quartiere e l'altro. Nella giungla cittadina si era perso. La sera d'inverno è freddo anche a D.
Le gambe s'impalarono, nude com'erano, e le dita dei piedi nei sandali si gonfiarono di blu.
Scivolava lungo il tronco di un pino sempreverde, la mano della neve bruciava e gli toccava la fronte.
A. l'accolse, i piedi puntati alle radici dell'albero. Sognò il suo sostegno, il pino a protezione. A. scelse un posto solo suo, molto nascosto, per im-

parare quello che non aveva mai voluto sapere. Entrò dentro l'albero. Entrò nelle stagioni.
Si accorse dell'amore quando imparò a muoversi da fermo, a farlo con l'impercettibile, a essere onda al suo interno, e gioco.
Era obbligato a smettere di fuggire, di arrabbiarsi. Lo trovarono dopo giorni in cui per le strade non passava nessuno, era quasi congelato e lo portarono in ospedale, gli tagliarono un pezzo di gamba destra insieme ai due piedi ma nessuno sapeva se avrebbe parlato, mangiato o riso ancora.

La prima cosa che sentì fu una gocciolina di liquido sul dorso della mano in cui era infilato un ago.
Poi la voce. La mano, la pioggia, un bacio, un panno di cotone. La signora arriva sempre la sera, per rimanere sola con lui nella stanza.
A. vede la donna che piange e tra loro c'è un patto: restare tra i vivi e non più, mai più da solo. Restare insieme a lei che dice *sono qui e non ti lascio, ci sarà la tua vita, scopriamola, facciamoci scoprire.*

Protesi, parlare, camminare, correre e ballare.
Questa è una fiaba vera, il finale è scritto e non posso mutarlo.
Si sposò, coltivò cespugli rosa, crebbe figli e fu invitato a raccontare la storia di una mente fantastica. Per mente, cari lettori e chiunque sia qui, intendiamo di più che l'intelletto e i suoi pericoli. Raccontò la rabbia e come entrare negli altri e nelle pietre. Portò la sua storia nei campi privi d'acqua e si concesse tutto il tempo necessario per

fare conoscenza con i fiumi, prima di deviarli. Costruì, insieme a sua moglie e a molti amici, una scuola in cui si praticavano la danza senza gambe e senza braccia, il ballo degli amputati, della linfa, della pietra e dell'invisibile.

Ho conosciuto un bambino che abitava un villaggio dell'India sudorientale. Era un bambino-albero, la terra era confusa quando lo ha generato. La sua difformità lo riempiva di nodi e rami. Agli abitanti del villaggio (non per nulla sono indiani) sembra un miracolo. Lo tengono su un trono, a turno lo lavano, lo adorano come un dio, una creatura sublime tanto è inaccettabile, paurosa. È molto bello, si sente amato, sembra sempre ridere, lo portano a turno a scuola, gioca a scacchi e riesce a farsi capire tanto bene che tutti attendono qualcosa di buono, definitivamente buono per il mondo intero.

Il Cedro

Qualche volta tornava da scuola con le labbra blu. Tutto era blu nella bocca, fino alla gola.
"Hai di nuovo masticato la carta del quaderno? Non ti ho detto mille volte che fa male? Potrebbe venire un bolo nello stomaco. Ma di che cosa ti nutri, come mangi tu? Come cresci? Sei della terra, sei come noi."

Il sapore della carta scritta, la carta con l'inchiostro è amara e una sorgente di saliva la mescola a poltiglia. La bocca intera ha il colore di ciò che era scritto sul foglio masticato.
C'è poco da scandalizzarsi, la mangiatrice di carta conosceva molti sapori.
Lo zolfo dei fiammiferi accesi, la testa dei fiammiferi bruciata è salata e nera. I fiori di oleandro non l'hanno mai avvelenata. Erano d'acqua dolce i petali di rosa, li si poteva bere. Fili di lana, lenzuola della sera bucati alla sega dei denti, la cera che non si univa mai alla saliva. La cera si versa bollente dentro il palmo di mano, al centro del sentire. Poi si mastica e non si assorbe, mai diminuisce, la bocca nel corpo non la riconosce e non vorrebbe ingoiare. In estate erbe e finocchi selvatici, foglie fresche, perfino pietre, luride porose pietruzze di strada. Mangiava carta scritta, si rosicchiava i denti alle pietre.
Questa bambina sapeva tante cose segrete della terra.

Per esempio che la carta viene dagli alberi, che resta vivo il legno e parlava spesso con il tavolo della sua stanza, chiedendo permesso, che potesse sostenere i gomiti o il peso della testa.
Avrebbe imparato- in altri tempi, per altra nascita- l'antico mestiere del falegname e l'incantavano le botteghe della città vecchia fitta di lavori a seghe e a pialle, liuti e chitarre, sgabelli e armadi, tavoli e sedili, cassapanche per ricami e biancheria. La forma del legno si trova al suo interno, in segni chiari e scuri. Figlio della terra che solleva è il legno.

Come si fa a crescere rimanendo fedeli al proprio posto? Soltanto gli alberi lo sanno?

*

In estate, quando l'aurora solleva le palpebre, il primo sguardo è per i suoi veri genitori. Scende le scale del giardino a salutarli, li abbraccia. Prima la Madre Magnolia. Poi il Padre Cedro, che veniva dal Libano.
Durava duecento anni il loro matrimonio, avevano offerto ombra a molti bambini prima che a lei.
Uno di loro era diventato nonno.
Era sua la terra e aveva costruito intorno agli alberi pieni di voci una casa bianca. Gli alberi portavano rami e profumi all'interno delle stanze.
Sara non aveva bisogno di orologi per sapere il mezzogiorno, bastava il velo d'ombra sul terzo ramo dal basso.
La magnolia è piena di coppe che se toccano terra perdono il bianco, ali di seta in aria ma petali secchi in un minuto al suolo.

Il cedro ospita civette sui rami più alti.
Attorno alle radici fiori piantati a girotondo. Due aiuole di terra per onorare i due giganti, due corone per i tronchi. Di notte una civetta cantava e di giorno si nascondeva in alto.
Sempre sarà così.
Chi ha piantato questo gigante? Bello è il mio cedro, tutto argentato, i suoi pinoli candele di verde. Le strofino tra le dita e profumo tutto il giorno.
"Attenta, Sara!", dice una sera il cedro. "Il nonno ti ha vista che mi abbracci, che passi le dita in mezzo alle vie di corteccia, sa che mi baci, sa che mi annusi, sa tutto di noi. Forse m'invidia l'altezza."
"Nessuno oserà separarci", risponde Sara.

Un albero certe cose le sa prima che avvengano. Vede i pensieri che ancora non sono parole tra gli uomini.

"Bambina", parla il nonno appena in casa è notte. "E voi donne di questa famiglia. Ho deciso. Il pavimento della nostra cucina tocca ormai le basi del cedro. Non possiamo sprecare ceramiche di valore. Lo capite? Non ha limiti la forza di questo gigante. Ha vissuto abbastanza. È sano, sì, è troppo sano e farebbe ammalare la terra sotto i nostri piedi.
Tramonterà il sole, velerà d'ombra tutte le cose che sono. Io accenderò una lampada, prenderò con me una sega e un uomo che sappia usarla e voi nel chiuso delle vostre stanze potrete pregare per la morte del cedro. Questo ricettacolo di voci e ali eliminerò. Sono costretto, devo scegliere."

Così, nel breve giro di una sola notte, Sara fu privata della sua guida e di pensieri celesti.
Nella casa accaddero da allora molte cose oscure. La bambina sapeva- era lo spirito del cedro che si vendicava. Poteva incontrare con gli occhi un contorno nero, alto e immobile sul ciglio di collina all'orizzonte. Scendeva insieme alla notte, verso la casa, e la bambina faceva in tempo a correre all'interno. Il cedro la chiamava, *Sara, Sara, vieni con me* e poi se ne andava.
Nessuno le credeva.
Non fu seppellito il tronco, fu esposta la vena centrale e si contarono i cerchi del suo tempo mondano in forma di panca. Sara lo carezzava, lo annusava.
Nella notte una polvere rossa s'alzava in giro dai canali di quel corpo aperto, entrava negli spazi sotto le porte delle stanze da letto e la mattina nessuno, se non lei, sapeva la ragione degli occhi impastati e dolorosi- allergie, pollini, che cosa viaggia in aria? né del respiro in affanno di tutti gli abitanti della casa.

"Quanti ne ho mangiati?", ride tra sé la donna. Ha in mano il quinto cono di crema spumosa, spirale gonfia d'aria, lingua che si fa letto a un ruscello di vaniglia e miele.
Entra ogni giorno in un museo e quello in cui è stata oggi l'è piaciuto.
Si perde nel giorno, non solo nello spazio, nelle ore senza mappa. Dopo i gelati mangia il Naan al forno *Tandoori*, finisce in birra e per consumare tante calorie cammina.
Alle ragazze dell'Hotel regala scarpe e vestiti. Compra abiti troppo piccoli perché ora forse è cento chili ma non lo sa, si sente giovane e veloce e sbaglia misure, anche col cibo. I piedi crede sempre più lunghi.
All'uomo che vive addosso alle navi del porto di Ramsgate ha comprato una bicicletta verde lucido con due ampi cestini e lui non riesce a dire grazie, gli pare fuori luogo quel dono. Ne farà buon uso, pensa Sara, non dovrà più ragare a spalla tutti i suoi involucri.
Cammina e arriva a Covent Garden, rema tra mari di merce. Questo Paese carica in ogni porto, di ogni tradizione fa mercato.
Si accorge che tre ragazze, lunghi capelli e lunghe mani, girano attorno a un uomo e la guardano. Una le dice: "Il mio maestro sente che vorresti seguirci. Ti fidi?."
"Che cosa perdo a essere con voi per questa sera?

Non ho nulla che mi tenga altrove", è pronta a rispondere, è pronta all'invito.
L'uomo si presenta: "Piacere, Mohan Tuku, sono cinese e giamaicano, vivo a Londra, New York e specialmente Poona. Succhio intere cassette di mango per la cena, sono una specie di medico. Non chiederò permesso, porterò una lanterna nella tua caverna. Ti avverto, io sbriciolo sigilli e con una sola spinta ti stapperò il cervello come uno champagne. Adesso andiamo, sta per arrivare il temporale, abito qui vicino."
La giovane va.
Le ragazze li lasciano soli nella casa dell'uomo, perché si compia quel che si deve.
"Piove, è romantico", dice Mohan Tuku.
Entra lento e sicuro con il suo occhio nella caverna di Sara, che non può nascondergli nulla.
Salgono in mezzo alle gambe gli oceani, la caverna è allagata e nuotano insieme verso il largo.
"Domani avrai il Visto e con me tra quattro giorni sarai in India. Hai paura?", le chiede senza volere risposta.
Ma Sara desidera parlare.
"Sul grande fiume vado sola ogni giorno, arrivo alla collina di Greenwich. Salgo la cima, siedo tra il verde e l'umido, solo per respirare. Nessuno mai mi ha interrotto. Cento anni fa cullavano i pazzi sui battelli lungo le acque. Forse sedevano in lacci anche durante la navigazione ma nel frattempo le teste rase al sole si asciugavano sul Thames. Quel potere, quel grande fiume, conosco. Che cosa credi possa spaventarmi?"
L'uomo la osserva per un attimo, affatto impressionato dall'immagine. Mantiene la promessa, le

fa ottenere un Visto in poche ore e partono insieme.
Il prezzo dei biglietti è a suo carico. Un equilibrio naturale, pensa Sara, lui conduce e io devo pagare.

*

Il primo passo a Delhi è scivoloso, mescola pelle e cielo, pioggia e sudore. Sara non distingue in mezzo a mucchi di gente gocce bave nebbie colorate. Nessun preciso confine in tutto quell'insieme.
Segue a occhi chiusi l'uomo che sa dove sono arrivati.
"È bello qui", dice Sara quando finalmente è al riparo nella stanza in stile coloniale senza aria condizionata.
"Il ventilatore fa rumore ma resterà comunque acceso per la notte" dice Mohan Tuku senza partecipare alla sua consolazione. "Pazienza se a te darà fastidio."
La giovane è stanca e non osa fiatare, va bene anche il fastidio.
Mohan esce senza invitarla giù per la strada. Sa che lei impiegherà una settimana prima di avventurarsi nella bolgia, lui invece è a casa sua.
Porterà ogni sera un piattino di riso e verdure nella stanza e mangeranno in silenzio, lui socchiuderà gli occhi cinesi e lei sarà sempre affamata anche alla fine della cena.

Una mattina Sara scivola davanti all'ingresso dell'Hotel. Era bagnato il marmo e la caduta spacca la pelle del ginocchio all'osso.

In ospedale senza anestesia non urla per i dodici punti cuciti da un infermiere mentre siede sopra uno sgabello e ha la gamba destra tesa sulla sedia davanti, perché non hanno trovato un lettino da prestarle. Sbanda solo un po' per i brividi e non ricorda dolore, solo Mohan che dice al medico: "Rifiutiamo antibiotici e velenosi medicamenti."
Poi se ne vanno.
Lei zoppica, lui ride.
Una signora l'avverte con calcoli astrologici che l'India è l'ideale per lei per morire, ma non sarà ora con il tetano perché l'Hotel è piuttosto pulito. "Che cosa sono invece questi punti rossi, non sai che la malaria è da evitare, non spalmi olio di *neem* ovunque sulla pelle?" dice per stuzzicare un pò quella straniera e dondola il volto perché non sa da che parte stare, magari da quella della morte, sempre possibile ogni momento qui.

Appena Sara può di nuovo camminare vanno alla città vecchia.
Quanto vecchia? Migliaia di anni di vertigine.
Non si abitua al clima da forno al vapore ma si fa cadere, smembrare, strappare, fermentare, scartare dalla folla intera, dalle righe di pioggia, dal sedile imbrattato che non può più evitare se non vuole svenire.
Chi è alla fine del mondo è al suo inizio, assicurava un poeta.
Sara alla fine del giorno ha raccolto un folto mazzetto di sorprese.
"Vieni qui bella", canta un uomo accucciato, "in tutta questa puzza vuoi che appaia un profumo nelle mani?"

Una rosa chiede Sara e la rosa, apre le mani, annusa. Sara non può negare. Accade proprio qui davanti a lei. Il mago non ha nulla con sé, il trucco dove spunta? Siede sopra una paglia e questo è tutto. Dove si nasconde la rosa?
"La rosa è sempre ovunque", spiega il mago, "e quando la desideri o la chiami si degna di rispondere se sono io presente."

*

Chili di grassi succhi accorda ogni ora all'ambiente, non vuole più ricamate corazze, si stupisce allo specchio e Mohan ride: "Sei nuova. Adesso compriamo vesti più adatte, per te e specie per me. Coraggio donna vieni qui, c'è da pagare!" chiama a voce alta di fronte alla cassa del più elegante negozio di Delhi.
Il giorno dopo chiede ancora: "Mostrami il tuo denaro."
Sara non sa se ha ben capito: "Perché?"
"Fallo", le insegna Mohan, "è l'abitudine che vuole sicurezza, ma tu mi incontri per la sua uccisione. Dove conservi i tuoi soldi?"
Sono appena tornati in Hotel, Sara ha indosso cose nuove, ha i capelli ricci come Shiva e vorrebbe scendere a cena. Sente artificiosi la predica e il pretesto di Mohan, una bella scusa per derubarla e adesso lo sa ma si avvicina alla valigia, apre il lucchetto, poi la cerniera della tasca segreta e ha in mano un rotolo molto grosso di dollari. Le serviranno per tutto questo viaggio. Non ha pensato al ritorno, potrebbe essere fra un anno e chi lo sa.
"Non servono a me", sente lo scrupolo di dire dopo un minuto Mohan.

"Hai visto il bambino che qui di fronte passa una spugna su ogni tipo di calzature? Tu gli regalerai tante rupie quante ne serviranno per un chiosco da lustrascarpe patentato."
"Certo vorrò, se è così allora andiamo", dice Sara.
"Non hai capito niente? Tu resti qui. Consegnami il malloppo, mi aspetta già fuori. Se prova a scalpitare quel tuo ego ridicolo tu fai una cosa saggia, strappagli i capelli e buttali nel cesso. Domani partiremo da qui."

Sara piange fino al mattino, non si preoccupa che il suo diavolo se ne accorga o rida, tanto non può fuggire.

*

All'alba paga il conto della stanza, delle cene, di tutto.
In taxi Sara siede il più distante possibile dal compagno di viaggio.
In mezzo a loro lascia una grande borsa con l'acqua e i fazzoletti per disinfettare.
Può guardare fuori in pace, nessuno parla.
Quanti mondi e tempi esistono in questo istante sulla terra?
Campagna orizzonte aria gas rosso ceneri carri buoi e fieno arrotolato, il sole all'ora della nascita fuori da Delhi, verso le montagne a nord. Carri buoi fieno rotoli di foglie di palma uomini minuscoli con le gonne e donne prive di civili pudori che si accovacciano ai lati della strada.
Cerca di non dormire ma non sa come siano arrivati, l'ultimo villaggio era dentro un cerchio di

nuvole. Non è un albergo, la stanza però ha il bagno privato e questa è una fortuna, dice l'uomo. "Io sarò fuori tutto il giorno, sono venuto per i miei insegnamenti, tu fai quello che vuoi. Vai dove vuoi. Sei libera da me, non aspettarmi."
Ovunque adesso si avventura, è diventata magra, cammina sempre. L'India è mia madre, dicono qui. Non c'è un solo occidentale. Va lungo strade infinite con alberi infiniti e alle caviglie spuntano vele. Si ritrova in alto, a toccare le chiome. Svolazza però è ferma e si guarda, finché casca per terra quando la saluta Mohan sopra una moto e ha tre ragazze al seguito.

"Ti porterò domani dal mio medico" dice la sera mentre bevono birra.
È sul divano e le siede di fronte.
Poi Sara diventa testimone di quello che accade. Non avrà da credere, solo da ricordare.
Nella stanza il corpo dell'uomo si accende per dieci minuti e diventa una fiamma. Una fiamma e non c'è più la forma di un corpo. Non c'è nemmeno fumo, nulla si consuma, né confine né cenere.
Sara piange e non sa se è impaurita o commossa, non può negare quello che si presenta.
Che cos'è? Sono veramente pazza?
Mohan non ha forza per fiatare. Quando torna sul divano è di nuovo un uomo come gli altri.
A Sara tornano i soliti occhi.
Come mai proprio un ladruncolo di soldi e anime come Mohan sappia fare certe cose, sarebbe proprio una seria questione ma a Sara non interessa indagare, dato che ha visto.

*

Il giorno dopo è pronta per incontrare il maestro, la ragione per quel viaggio ai confini dell'India. Il giardino è fresco e Sara, quando si trova tra gli alberi, è sempre al sicuro. C'è una bassa casa bianca e davanti alla porta di legno donne giovani con le guance rosse e i capelli lucidi. Qualcuna porta un bambino piccolo.
Sara e Mohan sono arrivati all'alba, ma aspetteranno il turno perché l'attesa dura dalla sera prima, tutta la notte le donne sono rimaste fuori.
L'uomo coi riccioli neri lunghi e imburrati siede sopra un piccolo trono.
"Non camminare spedita, piegati, e quando fa così con le sue dita ringrazia e vieni fuori, non ha tanto tempo per te. Gli ho annunciato il tuo arrivo, entra, sbrigati, resta calma", le ha detto Mohan.
Sara s'inchina come ha visto fare e sorride in silenzio. Ha camminato fuori nel giardino e ripiegato sciarpe bianche insieme alle tibetane, perciò è contenta.
"Perché sei qui?", le chiede l'uomo in trono.
"Non lo so", dice Sara, "cerco e non so che cosa, a nessun luogo aderisco, mi custodisce una guaina di pesce, ovunque è caso."
"Vedo che sei sincera."
Queste parole sono un dono. La gratitudine tradotta per Sara: siamo due esseri viventi e abbiamo in comune l'umano, sei al sicuro con me, sei benedetta.
Lungo il sentiero di pietruzze che circonda il giardino Sara e Mohan passeggiano. Due sconosciuti in mezzo a serpenti che non si vedono.

Mohan racconta: "Mi ha detto che sei una brava persona, ma noi ci siamo fermati troppo insieme. Non ci rivedremo."

*

Un anno dopo Sara non è ancora tornata nell'altro suo mondo.
Questo le sembra più adatto. È rimasta in giro, adesso intende l'inglese con quell'accento che non si impara certo a Londra.
"*Vanakam, Mà*", buongiorno, signora!
Le orecchie di Perumàl sventagliano ai lati delle guance. Come ogni mattina porta cibo ai venti gatti i quattro pavoni e i due grandi cani di Marika.
Sara si è fatta cullare dalla madre India, abbracciare sfinire baciare, non scalpita più se qualcuno parla di belle storie, ha scelto di offrire un poco del suo ingenuo cinismo e adesso sa come impiegare il suo tempo.

Uno dei fondatori della città internazionale dove si è fermata è parigino e la chiama, ma lei in bicicletta va veloce per arrivare a casa prima della notte.
Ai lati della strada ogni tanto vede qualcosa che forse non esiste e sa che è meglio non fermarsi a verificare.
In bicicletta trova amici e luoghi, danze, arti, canti, lingue, filosofie, silenzio- s'impara tutto qui. È di nuovo una ragazza, va a molte scuole.
Lavora anche, ognuno deve farlo, lei è fortunata. Insieme alla tedesca porta petali di fiori freschi per i mandala di fronte al luogo di meditazione. Riempie ciotole d'acqua che galleggiano attorno alle candele e i petali non annegano sull'acqua ma

viaggiano, sprizzano luci di tutti i colori al sole e con la luna.
La sera con Marika e Anna, nella culla di fibre di palma appesa al soffitto del terrazzo, vede le stelle che si moltiplicano. Gli uccelli avvertono i predatori e gli avventurieri- la notte indiana è nera, la foresta è la sua voce.

"Vanakàm, Mà!"
"Perumàl, non è possibile chiederti anche oggi di riparare la gomma della ruota. Perché tutti i vetri i chiodi i legni devo prenderli io? Perché la sera quando torno non mi accorgo del taglio?"
"Non perde aria nell'immediatezza una ruota di gomma sfregiata, signora. Lo vede bene, è a terra."
"E sia, quanto ti devo anche stamattina?"
Poi un giorno non risponde al *vanakàm* e sfida il minuscolo Perumàl, il guardiano fornitore di gomme.
"Verrà un taxi oppure fitterò in città un buon motorino, non userò questo mezzo inaffidabile, è finita. Non ho tanti soldi, non quanti credi tu, non siamo tutti ricchissimi qui.
È per questo che non ti fidi e mi inganni?
Lo sai che potresti anche chiedere?
Facciamo un patto.
Sotterra quel sorriso, portami a casa e offrimi un dolce, fammi vedere il figlio che studia alla lampada in piazza la sera, quando nella stanza c'è solo una candela.
Se devo pagare, in cambio chiedo.
Sono nata in un altro mondo e quando ci tornerò voglio qualcosa di tuo."

La botte non è per filosofi

C'era una volta un uomo che aveva perduto tutti i suoi averi al gioco delle carte e si era trovato senza casa, ceduta a pagamento di un debito. La moglie e i tre figli lo avevano abbandonato.

Gli fu impedito di andare a trovarli. Era pericoloso per sé e per gli altri. È naturale, dato che non sapeva tenersi un soldo in tasca pur avendone avuti proprio tanti.

Che cosa poteva fare l'uomo per restare vivo, in solitudine e povertà?

Scoprì le virtù del sonno e della dimenticanza.

Con la sua prima elemosina comprò una bottiglia di vino luminoso e la bevve d'un fiato. L'asfalto divenne prato umido e tutto il suo essere in corpo e mente fu ricoperto di foglie mentre affondava.

Al mattino si svegliò con gli abiti vaporosi di tuberi e sottomondi. Gli ricordavano la madre. Così chi passava era catturato dal profumo e senza volerlo infilava le mani nel portafogli.

L'uomo ogni sera tornava alla sua botte, un cilindro vuoto di assi in legno che aveva trovato poco lontano tra i rifiuti di una distilleria. L'aveva ripulito e lasciato asciugare, poi l'aveva fatto rotolare fino a un carrozziere che gli era stato amico e aveva rivestito di una sostanza impermeabile tutta la botte.

Così che l'uomo non temesse pioggia né vento. La sistemò anche all'interno, perché l'amico gli aveva donato cartoni resistenti.

Eh beh, la trovava confortevole. Poteva rimanerci seduto o disteso.
Quando pioveva la spostava sotto una grande magnolia, quelle foglie lisce non si inzuppavano mai. Ogni goccia si lasciava andare a un piccolo saltello muto quando toccava la terra davanti a lui. Nulla era fermo, tutto si animava.
Ci sono porticine lungo ogni corpo. Nell'uomo erano aperte perché ci entrasse il mondo, tutto intero. Si poteva giocare a qualche danza con le gocce, le foglie oppure il vento. Quella con il vento era la sua preferita. Ogni volta che passava dietro l'orecchio destro l'uomo diceva *sì,* e quando ritornava a sinistra ripeteva *sì.*
Scoprì che se respirava era sempre vento che riceveva.
Scoprì che il suo vento, nella barchetta dei sì, poteva raggiungere ogni luogo dentro di lui.
È possibile che si accorgesse di queste cose mentre aveva, ammettiamo, un bel po' di freddo e non poteva camminare per il viale dove i poliziotti gli permettevano di parcheggiare la botte?

Il merito non è suo ma di quel vino. Che non è un semplice liquido.
Ritorna in bottiglia ogni mattina. Lo tracanna fino al fondo la sera e non manca mai fino all'orlo.
"Chi l'ha riempito? E chi lo sa!", si dice l'uomo, senza timore dell'ignoto.
Non ama farsi domande.
A che serve? Quando è nella botte trova cose che non ha mai visto dalle alte finestre dei palazzi. Creature piccolissime per restare in vita fanno sla-

lom tra le gigantesche scarpe dure degli abitanti di città e sono abili e veloci. Si addormenta alla cura delle zolle che da sotto l'asfalto entrano a guarirlo, da capo a piedi, ogni notte.

La fama del povero che trova il vino donato arriva lontano.
Chi non crede, resti pure a controllare giorno e notte. Forse appare in quell'unico minuto in cui tutti vengono presi dal sonno.
L'uomo, nel frattempo, più gente arriva e lascia denaro più perde la voglia di parlare e rimane zitto e fermo, come se non ci fosse.
Ognuno dopo averlo salutato può tornare a casa, dove la moglie o il figlio o un fratello o l'amico dicono: "Che cosa c'è? Sei felice, ti si vede in faccia!."

Passano i giorni.
Le autorità cittadine chiudono al traffico il viale dove dorme l'uomo, perché troppi sono i visitatori.
L'uomo sta nel silenzio. Parlare parla, ma senza suono.
Chi ha chiesto se ne va ringraziando, e sente dopo tanto tempo il desiderio e il potere per sciogliere tutti quei garbugli della sua vita.

Quando all'improvviso una notte il vino finisce com'è apparso, l'uomo ritrova la parola e prende a fare e dire per ognuno quello che può inventarsi lì per lì, senza l'aiuto dello spirito (che gli ha insegnato a non pensare).
"Invento ma l'effetto è l'essenziale", si conforta,

“tante sono le persone che arrivano. Non ho cuore di avvisarle che miracoli non se ne trovano più, qui con me.”

Per questo rimane a vivere nella botte.

Se accettasse il bilocale che il sindaco vuole donargli, perderebbe ogni magia. Invece vuole conoscere chi gli viene affidato dal cielo, che è lo stesso cielo anche se ha smesso di sorprenderlo.

Sa di aver ricevuto molto e lo ha già detto mille volte: “La botte è tiepida, impermeabile, scricchiola e mi parla di notte. Le stelle entrano con i loro raggi ma vento e pioggia non entrano mai del tutto, non riescono a raffreddarmi e amo le voci di questo mondo dal basso. Nelle case divento sordo, ecco tutto, e a voi servo con le orecchie bene aperte.”

Il friccico

Il tavolo di legno viene dall'Olanda e dal Settecento. È il solo oggetto (oggetto?) che ho portato con me da casa di madre e padre. Grappoli d'uva lungo le gambe, foglie di vite ai bordi del suo lungo confine di rettangolo.
Qui e ora ci vivono.
Marie-Louise von Franz e la fiaba che dice *IO*. Quando l'ho tra le dita, cascano un foglietto con una scritta che non è in caratteri greci: *Tà erotikà*, "Le cose dell'amore", e una minuscola foto tessera dei miei venticinque anni. Non so più nulla di me e di allora. Così credo.
Le ottave della quasi morte di Mandel'stam.
Alce nero parla, Goliarda Sapienza è ancestrale e lo intende, lo tocca di fianco.
Emily Dickinson nella foto con nastrino al collo-velluto, il velluto delle sue notti è uno scivolo per la voce. Nessuna forzatura, quello che appare si trasfigura senza intervento di cuore d'uomo.
Borges da giovane e Borges da vecchio, l'amante invisibile, lo sciamano che mi ha fatto trovare la tigre.
Maurizio Maggiani da dove spunta?
Le foglie d'erba dalla gran barba di WW nuotano nell'Anima hillmaniana tenuta ferma dai quattro volumi del dizionario etimologico.
Una ciotola di rame e matite colorate. Una teiera di ceramica e dentro penne, una teiera con una pittura di fiori mai visti così rosa e così verdi.

In basso a sinistra una grammatica ebraica.
Carta, ovunque carta con segni neri e blu. Un mazzo di tarocchi Camoin-Jodorowsky. Un vassoio di legno e stampe di scritture da rivedere. Una cartella rossa e stampe di scritture da rivedere. Quadernetti qua e là. Penne senza cappuccio. Un diario con la mappa dei cieli in copertina. Tanti sassi di sale rosa, accesi tutto il giorno.
Di fronte a me, più in là alla parete, un caotico folto insieme di maestri, di traverso, a riposo, a volte in piedi in attesa- anche quelli di un'ora o di una sola frase. A Gilgamesh piace stare accanto ai grandi romanzi russi, e a quelli emersi dai tombini di New York nel Novecento.
Mappe delle città. Mappe di tutti i continenti. India in tre volumi, India che non sei in nessun numero io ti ho lasciato con Georges de La Tour, non so perché.
Nomino, per ringraziare, uno a uno titoli e nomi.
Poi, con le braccia sul tavolo, mi accorgo che non è solo un elenco a chiedermi di pronunciarsi.
Da che ho memoria esiste, a volte mi possiede.
Sempre la stessa strofa per un invariato motivo.
Serve solo a fuggire?
È un ritornello romanesco e molto pop.
Annuncia di voler cantare proprio tanto per cantare.
Se l'oste, che prepara il tavolo e il cibo, ci vende acqua al posto del vino a noi che importa?
Basta che ve ne sia almeno un pò.
Basta che viva una piccola perla rubino nell'offerta.
A che cosa può nuocere essere ingannati?
Noi badiamo al goccio di verità e non all'acqua

falsa che pure vi si mescola.
Ci interessa un cuore che friccica, quello che si limita a ricevere, certo che l'imbroglio sia anche la superficie di un segreto.
La donna che mi canta nella testa e mi ossessiona, che non sono mai riuscita a trattenere, che non si spegne perché si accende da sola- ecco che cosa vuole.
Chiede compassione per la bevanda che mi è toccata in sorte.
È sicura che non sia importante come si chiami, o da che cosa è stata composta e in che percentuali, di quale ingrediente più o meno a buon mercato.
È pronta a berla tutta.

L'invito

Sono a corto di storie.
Forse potrei tornare a vecchie cassapanche. C'è sempre una fotografia.
Per esempio un anello al dito medio sinistro e una giacca nera, dietro a un tavolo di fronte a una finestra, aperta a un lontano bosco di faggi- e al centro un signore.
Che una sera mi ha lasciato questo racconto.

È inverno. In Italia sulle montagne è freddo anche a sud.
Entriamo nella stanza di un poeta, nel paese ghiacciato. È al sicuro a casa, ha mangiato e ripulito la minuscola cucina che gli è sufficiente. Ha tutto quello che serve, non si lamenta di nulla.
Eppure è quasi un anno che non gli viene nemmeno una parola. È così che guadagna il suo pane, scrive poesie. Qualcuno le acquista, perché anche una poesia ha un prezzo.
Chiede ai poeti delle città come fanno a dire qualcosa quando sono sordi. È necessario pazientare, lo sa. Ma c'è una maniera per ingraziarsi parole, che possano ancora arrivare?
No, però alcuni suggeriscono di compulsare un dizionario, partire da un'azione e infilare sinonimi e contrari, quelli che piacciono e suonano, così, senza pensarci, perché i lettori non cercano il senso ma musiche.
Altri dicono: "Le parole- tutti le hanno in prestito.

Dieci libri, aprili a caso, modifica colori e punti, fai nuovi i tempi. Non essere conseguente."
Altri ancora scrivono senza timore di sragionare, o che si manifestino creature inesistenti. Vanno avanti senza sapere dove. Poi si fermano a un crocicchio, e solo allora ascoltano. Il nonsenso è un apripista, non la via. Meglio, se siete abitati da questo spiritello, utilizzare solo un pc e non strappare carta.
"Il modo più sicuro", gli risponde il suo più caro amico lontano, "è accendere una candela, prendere una tazza con acqua calda per inclinare il bordo appena sopra il vertice della fiamma. Osservare le figure di fumo arcobaleno: un cavaliere con i denti da leone va incontro a una madre con il bimbo sulle spalle e quando si toccano non hanno paura ma si fondono uno nell'altro e dall'unione nasceranno due piccoli uragani, che travolgeranno un vulcano colore di rosa."
"Ma nemmeno questo ha senso!", dice il poeta.
"Certo. Serve per esercizio. Partire da elementi che non hanno a che vedere con te e con la vita tua."

"Eh no, ora basta, io non fantastico, leggo poco e mai quando scrivo, non saltello qua e là e non sopporto l'intrattenimento né lo sfruttamento vantaggioso della lingua", risponde serio ai poeti il poeta, che dalle conseguenze delle loro risposte sul suo umore si pente di avere chiesto aiuto.
Nessuno sa dirgli come arrivare alla scintilla sfregando lo strumento dell'assenza.
È rimasto solo nell'inverno.
Esce di casa e siede sul gradino davanti al portone,

il granito colore di luna appena salita. Si è arreso. "Morirò di fame e sete, se così hanno deciso le Parole che non arrivano. Io non andrò a cercarle, e come potrei? Non so dove stiano. Non nei dizionari o nei libri degli altri. Io aspetto quelle che scelgono me, proprio me, soltanto me."

Posa la testa sul tronco di un giovane faggio, liscio e flessibile, e si addormenta.

Vede un carretto in un campo di grano e sale su, senza sapere dove stia trottando l'asino che lo guida. Non c'è nessuno in cassetta, così prende le redini.

L'asino parla: "Mi hanno mandato le Parole, andiamo nel loro palazzo."

"Vuoi dire che mi hanno invitato?"

"Sì."

"Ma come? Asino bello, devi sapere che sono sempre e solo loro a venire da me- non io da loro, questo non è possibile, io resto un semplice uomo."

"Fa' silenzio, per favore, mi stanchi e tarderemo", risponde l'asino. "Ti aspettano a cena. La tavola è pronta."

"Povero me, il mondo è rivoltato, sarà forse la mia ultima sera di vivente." Ma non scende dal carretto.

Il sole se ne va, salgono una strada tutta pietre bianche e profumi di erbette, campagna e selva, rovi e frutti.

Ecco il Palazzo.

Sopra il portone una scritta lo avverte: "Questa casa è per mangiare e per bere, chi è astemio non entri e chi è in astinenza nemmeno."

“Povero me”, pensa di nuovo il poeta, “io che so rinunciare a tutto, anche alle parole, e solo per amore dell’attesa perfetta, che cosa faccio adesso?”
“Entra”, dice l’asino che intanto si è slacciato da solo il morso e se ne va verso la stalla. “Entra.”
Non ha scelta, va avanti.
La tavola non è grande ma offre molti cibi, proprio quelli che gli piacciono. Non osa avvicinarsi, resta impalato di fronte all’unica sedia e si accorge che ha fame. Non di parole ma di ananas e kefir, miele, mirtilli e uova con la crema, polpette di menta e ceci e crostata di limone e papaia, sesamo croccante, pistacchi, nocciole pinoli e uvetta. Il vino è rosso, bianco e anche dorato e rosa.
Però deve resistere. Sa che tutto questo gli è ostile. Ha costruito le sue vie nella sfida all’abbondanza – non se la permette, non gli sembra necessaria – per lui sta tutto in una briciola di pane, ci vede cielo e aratro, mani e farina, acqua e legna nel forno e quando arriva alla sua tavola poco lo sazia, quel minimo ch’è tutto il suo racconto.
“Non posso, a questa cena io non sono invitato, chiunque sia l’ospite ha sbagliato, ehi! Scusate, devo andarmene. Povero me, e come? Chiamo l’asino, spero che voglia ricondurmi a casa.”
Sta per uscire dalla stanza ma una voce lo ferma: “Che cosa fai? Come osi lasciare il nostro Palazzo senza aver onorato l’offerta? Attento a te, mortale. Quello che hai è poco e sarà ancora meno.”
“Ma che cosa volete, chi siete? Questo non può essere il luogo per le parole di nessun poeta, voi m’ingannate.”
“Ah, non può? E perché no?”

"Beh, loro sono lievi e sottili e presentano mancanza e povertà, che fanno i desideri da che tempo è tempo. Mai pretenderebbero altro, perché non potrebbero esistere dopo."
"Ah ah ah! Questa è bella, eh, sorelle? Sentitelo! È vero, sapevamo che ormai gli esseri umani solo a distanza ci possono cercare.
E di', non sei tu che ci hai desiderato? Che cosa vuoi? La nostra voce, sì o no?
Se ora non mangi e non bevi, se non offrirai a dismisura e non sbaglierai così che davvero quel che ti resta sia uno zero, se non ridi e non ci perdi – perché è impossibile per noi non esserci – tu non scriverai mai più, questo abbiamo deciso e questo vogliamo tu sappia."
"Mi avete confuso. Che posso fare?"
"Siediti qui, è semplice."

L'uomo si arrende. Non lascia nulla sulla tavola e poi, brillo com'è, ride, cade, si taglia sulle pietre del giardino e si divertono tutti insieme.
Infine si addormenta sulla terra.
Si risveglia con la testa contro il faggio da cui evapora acqua notturna.
"Oh faggio mio, che cosa mi è toccato vedere! Nel suo eremo in mezzo ai campi la poesia prepara da mangiare e sa anche cucinare benissimo, lo fa per chiunque arrivi, si ubriaca e balla a occhi chiusi, grida e alza le braccia. Scambia la pioggia per battere di mani e non sente la colpa di un tempo fermo sì, al tavolo sì, ma non per scrivere. E sarebbe quello il posto dove vive, ti chiedo, o è stato solo un sogno? Un luogo di abbondanza è la sua casa? Un luogo che non giudica e offre?"

Non risponde il faggio. Dice soltanto: “Dipende. Prova tu stesso. Moltiplichi se condividi. Se non lo fai le riserve finiscono.”
Quell’uomo ha appena riconosciuto un maestro.
Entra in cucina e invece della tazza di tè prepara frittelle con polvere di cocco, poi accende un fuoco e imbandisce la tavola in giardino a chiamare i vicini.
Lo fa ogni giorno.
Non dimentica mai lo zucchero all’asinello randagio che ha adottato.

Lingua di sogno

Gli accadimenti che descrivo, quello che racconto- sono i miei stessi occhi.

Abitavo la periferia di una città.

Le case erano di notte avvolte d'ombra, i lampioni non si accendevano oppure erano rotti. Come ognuno, avevo in dotazione una pila per camminare fino in fondo alla strada.

Ai bambini piaceva vivere quel luogo circondato da sentieri che portavano nella foresta e dopo la scuola prendevano i cesti per i funghi o in inverno scolpivano una statua di neve che gelava, per durare al centro della vallata.

Una sera d'autunno la pila si scarica all'improvviso e io resto impalato nel buio senza distinguere i miei piedi.

Conosco la direzione, chiedo alle ginocchia di farsi radar per gli ostacoli.

Piano piano ricomincio a camminare posando al suolo prima un millimetro, poi tutto il resto se c'è solidità. Anche la luna è nera. Stelle di tutti i disegni sono lontane e non aiutano. Senza lanterna i suoni spaventano. Sudo a ogni foglia secca, c'è vento e a me basta a tremare.

Finalmente i piedi battono verso casa il giusto sentiero, lo riconosco dall'acciottolato. Torna un po' di vigore e immagino d'essere già in cucina abbracciato a mia moglie quando alla mia sinistra, sulla mano anzi le dita, c'è adesso qualcosa che preme e sbava. Un muso di animale che spinge.

Prima di intuire la forma di un asino ci metto un bel po'. Tra la sua bava e il mio sudore corre un ruscello in cui ci uniamo con terrore, poi sorpresa, poi curiosità.
Gioca e non ha paura di me. Che cosa ha a che fare un asino burlone col mio cammino? Si vede solo nei sogni ormai, come tanti altri animali estinti.
E proprio quando sono più tranquillo, perché – a quel che adesso ricordo di un asino – ho a che fare con un pacifico guardiano d'oro nascosto e un indicatore di luce, il muso che mi sta guidando si trasforma e si accorcia fino a che vengo sfiorato, con l'identico fare, da una serie di denti molto acuti. Di nuovo sudo, di nuovo svengo a riconoscere la bocca di una lupa.
Capisco che devo fermarmi, che sono dove altri mi hanno voluto e non ancora alla porta di casa.
Resto per un po' con la lupa che gira e mi tocca, finché qualcosa si fa trovare in mezzo alla notte.
Vedo una carrozzina illuminata.
È una specie di culla con ruote adatte alla strada, che secoli fa serviva a portare con sé i bambini piccoli. Ora ce li fasciamo attorno ma una volta non era così, li si lasciava distesi in questa protezione, lontani dai nostri corpi. Io avevo una foto vecchissima di famiglia, perciò so com'erano.
Guardo dentro. C'è una specie di straccio inanimato.
Il terrore mi riartiglia.
Per sapere se sono vivo e presente allungo la mano a toccare il tessuto che diventa una minuscola bambina. Mi osserva, i suoi occhi mandano luce. La lupa e l'asino mi fanno immaginare che i

genitori l'abbiano perduta, e loro allattata.
La proteggono ma è tempo che la prenda io, è chiaro.
La piccola è bianca e parla. Una lingua sua che non dice dove sia nata. Non l'ha ereditata. Non è quella dei suoi animali. È tutta sua, è tutta incomprensibile.
M'insegna a ricevere la consolazione che l'ha trovata, e come sia nascere nell'abbandono per venire raccolto nella cura.
Gli occhi della bambina mi guidano a casa.
"Ecco", dico a mia moglie, "guarda qui. Non abbiamo figli, e vedi? Un asino e un lupo ce l'hanno affidata."
Si chiama Alba, viene dalla notte animale.
Adesso ha dieci anni.
Non ha mai pronunciato nulla al modo nostro eppure parla sempre, una vera chiacchierona. Né mai si nutre d'altro che di latte d'asina, lupa e fitto di foresta. Con la neve o con il sole, senza la sua sigillata presenza, che non dice, io non scriverei.

Casa della luna

"Il motore fu l'uscita della luce, un impulso all'azione."
Il padre è accanto al legno che brucia davanti alla finestra di nebbia e pulisce la pipa di erica. La sgrulla sul bordo di pietra del camino e la riempie con foglie di tabacco cresciuto lì vicino.
"L'incessante attività di conquista, come per ogni altro animale. Ci pensi, bambina? Pensa. Impara a scuotere la testolina muta. Almeno prova."
La bambina tocca le dita intorno alla pipa e annusa fumo fresco. *Puff poff puff.* Sono brevi i respiri delle labbra di chi soffia una pipa.

"Animali veri, a quattro zampe. Non c'erano le mani. Gli occhi non guardavano mai le luci della notte, perché il cielo ancora non c'era. Solo terra, pericoli fughe o vittorie sempre con la faccia a terra. Non c'era nemmeno la voce. La voce passò attraverso il tronco e lungo la creatura solo dopo che aveva acquistato la pianta dei piedi, la base e l'altezza. E con i piedi anche le mani. Con i piedi, gli occhi. Con gli occhi, il firmamento. Con i piedi e gli occhi, i passi. Con i passi, i sentieri. Con i sentieri, il ritorno. Con il ritorno, le dimore. Con il firmamento, il desiderio. Con il firmamento, il legame.
Si guardarono. Videro cielo, terra e avanti. Le foreste uscivano dall'ammasso di buio e imposero cammini a volte condivisi.

Il centro di questa esplorazione è la scoperta dell'altro- che non puoi sbranare.
Attimi faccia a faccia. Si conoscono le mani che arrivano ai volti. Sono visibili sorriso, invito, supplica, stanchezza, desiderio.
Imparano a rimanere fermi, anche di notte, attorno al cibo spartito. Non si leva nemmeno un grido, in silenzio si divide con le dita, è comune sopravvivenza.
Anche all'interno della caverna è arrivata la luce. La luce, bambina muta, significa separazione. È lo stesso genere di azione dell'inizio ma la novità viene dalla volta dei cieli. Fuoco, luna, stelle. Il buio muta.
La luce muta ogni cosa dentro e fuori. Impone un dentro e un fuori.
Da un gesto che impara la distanza tra l'impulso, la mano e la parete, si può incidere il primo segno. Si fa la firma alle volte delle caverne.
La sera, nelle grotte illuminate, il desiderio è che niente si perda.
Perdere- lo si è appena imparato nella separazione, nella luce e nel legame.
Si abitano confini e nulla può tornare. Si abita il perduto, il separato a opera della luce. Non si vuole dimenticare.
L'altro, l'ascolto senza il quale il racconto non sussiste. Il nome nuovo è uomo. Ti piace? Che cosa guardi fisso nelle nuvole di fumo tra le mani? Ti spiegherò l'etimo di parole incendiarie, nate per te. È bene conoscere una realtà precisa. A tutti i costi, o mia piccola microcefala. È questo il tuo vero nome. Significa piccolo cervello. A volte, tra gli uomini, capita così. Che ci vuoi fare. Te lo devi tenere."

*

In inverno microcefala resta in casa ma è una bambina, è fatta di carne e sangue, che sono forti- e lei non accetta muri appena arriva la primavera. Cammina e cammina nella primavera, va oltre i limiti di quella città che non offre dolcezze. La campagna è vicina.
Poi c'è sempre l'estate. L'estate la salva ogni anno.
Si fida delle stagioni perché non tradiscono. Nascono, rimangono, se ne vanno, ritornano, non mancano mai, non è un miracolo?
In estate conosce il mare che insegna come si cade nell'abbraccio mentre al vento, tra cardi fioriti e asfodeli, prendono luogo forze di vendetta.
La sera rossa – che fa sperare tutti, anche quelli che non sanno che farsene di una speranza – la bambina si affaccia alla finestra in legno blu della casa sopra il giardino e, con gli occhi verso il senzafine, chiama vicine credulone e da lassù le avverte: "Sapete? Dovreste temermi. Io non sono di qui, non appartengo all'azzurro dell'acqua sotto il vostro cielo. Io vengo direttamente da una stella, da un incendio. Vedete questi gradini di pietra composti a scaletta? Io posso sgretolarli mentre salite, posso farvi morire. È solo un esempio. Chi vuole provare?"
Col vento che fa piovere semi, a Occidente dove il Sole cade si levano in volo nel tramonto pensieri di fuoco e bambine in ascolto sotto una finestra non riescono nemmeno a respirare.

In inverno è di nuovo in affanno, di nuovo è chiusa.
La madre è bella e giovane. Se guarda la figlia vede paesi deserti, duri di polvere, senz'ombra né acqua. La bambina inventa tecniche. Può svanire senza muovere un passo. Impara una lingua nelle cui bocche potrà fiatare. Una lingua tutta sua.
Oggi ha preso in mano una tazza sbagliata nella credenza, un breve inconsapevole movimento da qui a lì, che non doveva essere. Tutto è finito per aria, le cose e le parole, tutto per lei quel terremoto. È diversa la madre, è molte diversità che si presentano.
La bambina corre il lungo corridoio, poi a sinistra fino all'ultima stanza- poi dove?
Tempo di quiete oppure guerra, in inverno deve andare a scuola.
Mentre guarda fuori dal finestrino, in macchina con il padre, l'insegna di un negozio le dice: questa è "Casa della Luna."
"Casa della Luna, subito entriamo!"
Il padre ride. Alla *Casa della Lana* vendono gomitoli di purissima pecora.
La Luna abita in alto, molto più in alto.
E allora sa: questi sono segni di cose e dimore.
Cambia una vocale e tutto ciò che si è legato può cambiare, nascondersi o restare.
Insieme ai segni, nella casa c'era anche per lei la pace.
Quando nella casa entrava la dolcissima pace la bambina poteva fare, toccare.
Biglietti infilati sotto la porta, la porta non si apre, i messaggi sono tappeto per il perdono e il perdono non si degna tanto presto di accordare i suoi

passi. Ma perlomeno è sicura che la madre ha nelle mani quelle carte arrotolate. Le mani si collegano a un cuore umano e a un volto.

Quando nella casa entra la pace, la bambina conta così: "Il lo la i gli le. Un uno una. Di a da in con su per tra fra." Elenco per ore ripetuto, e per quanto è lungo.

Un giorno si aprono i cancelli del suo mutismo. Ci sono articoli, preposizioni e tutto quello che, un passo dopo l'altro, faranno il discorso e i suoi sentieri.

"Somiglia a una lanterna d'orizzonte", pensa la bambina, "non potrà mai cadere."

La grammatica permette una forma che anche gli altri ricevono, una forma in comune.

Scrivere come amare, se la bambina scrive si fa incontro a quelli con cui non sa parlare.

Impara a casa di un maestro elementare- arriva da lui dopo la scuola, perché le serve aiuto. Il maestro è un seminatore e sceglie il tempo avvenire nei frutti di una giusta frase.

Due creature a un tavolo di legno, da pari a pari.

Speranza è quando alla finestra i vetri lisciano a maggio i rami di un albero e le sue gemme.

Fedeltà sono i petali attaccati ai piccioli sui rami e qualcuno si stacca, finisce sull'asfalto senza un suono. È ancora un petalo, sempre lo sarà perché lo è stato.

Sui quaderni finiscono frammenti, lei resta fino a sera dal maestro e tra le dita è nata la lingua che vive.

Legge fiabe, le imita ma le sue restano ancora scure. Lo stupore la muove ma non la ricompone.

Il mondo delle storie la lascia fuori di sé, non è un esempio. Servirà molto tempo.
A casa mangerà mele tagliate con zucchero bruno gocce di limone o polvere di cannella e cercherà riparo sotto una capanna ricostruita nella sua stanza.
Stende sopra il tavolo un lenzuolo che scende dai lati al pavimento, prende un cuscino, va sotto il tetto con una pila e bussa.

Chiede e le viene risposto. Nero nel bianco sono custoditi luoghi per abitare.

Caro diario

Benvenuto!
Spero ti piaccia essere aperto, posato sul tavolo.
Il legno è morbido.
Tu hai in copertina disegni verdi, rossi e oro, in corpo fogli di lieve avorio e sei grande abbastanza da contenere, se voglio, tutto il cammino di un anno.
Corriamo insieme verso il mio decimo.
Caro diario, sono già molti.
Qualche volta la mattina se c'è nebbia e devo andare a scuola mi sento vecchia, senza forze. La mamma dice: "Che sarà questo freddo per te, in piedi!"
Io odio queste parole perché sento lunghi tempi attorno, dietro, sotto e sopra di me. Devo ubbidire, non ho scelta.
Arrivo in aula che ancora dormo e non voglio essere sveglia. Non rispondo alle domande dei maestri. Non importa se mi giudicheranno.
Lo sai, forse lo sai già.
Sto bene qui, nulla manca.

C'è una cosa importante che devo dirti, prima che tu possa accettare di nascere ogni giorno, foglio dopo foglio, una parte alla volta.
Se dopo risponderai che non puoi, capirò e non mi offenderò. Ti lascerò come sei, pulito e chiuso, e ti parlerò soltanto, non verrai segnato dalla penna e sarai libero di immaginare in te quello che desideri.

Devo dirti che io non sono solo io.
Vuoi un esempio? Se la mamma dice *mangia le verdure, ti fanno bene*, vorrei essere gentile con lei, che le ha preparate anche se è stanca, e rispondere *sì, va bene, grazie, mangerò*. Invece dalla gola vengo a sapere con arroganza che mi fanno schifo. La mamma si offende perché lei è sempre gentile e perché della riuscita in questa impresa delle verdure fa una questione capitale.
Se pensi che sia meglio chiarire come stanno le cose, che non mi piacciono i fagiolini, sono d'accordo. Però a che cosa servirebbe?
È così con tutto.
Vorrei abbracciare mia zia, volare da lei se viene a trovarci, e invece mi ritrovo sotto il tavolo a scalciare contro durezze che non mi fanno uscire. Faccio e dico tutto il contrario di quello che sento. Quando torno a casa c'è l'uomo che vende i pennarelli davanti alla scuola e mi chiama verso di sé per regalarmene una scatola, così, senza un motivo e a me non sembrano belli perché ne ho interi cesti più brillanti. E lo vuoi sapere? Invece di un sonoro *grazie, non mi servono*, mi prendo una carezza lenta sui capelli, sempre senza un motivo, mentre la mia testa si abbassa.
Caro diario, arrivo perciò al punto: non so mai che cosa voglio.
Non mi piace scalciare quando amerei sentirmi dire: "Eccomi", non mi piace deridere un cibo, non mi piace disdegnare le domande dei maestri. Ci ho pensato molto e ho concluso che io non sono una, ma due, anzi almeno tre bambine (di cui due invisibili, perché in apparenza sono intera-questo lo vedi anche tu).

Una quindi, credo, è solo una specie di bambola animata, in carne e ossa- che sa osservare, scrivere, camminare ma anche ospitare modi e opinioni ora dell'una ora dell'altra.
Vince l'angelo o il diavolo?
Chi ha a che fare con la terza me, quella umana e riconoscibile facilmente, non sa come evitare calci, disprezzo e balbettio- oppure le maniere più cortesi che si siano mai viste in una persona di quasi dieci anni.
A sorpresa l'angelo potrà una sera rispondere: "Certo, mamma, grazie, vedi, mangio con gusto", proprio quando il diavolo vorrebbe invece grugnire: "Orrendo!"
Quello che una parte sente, ecco che l'altra fa tutto al contrario. Se c'è una specie di legge in me è questa.
E adesso, caro diario, sai con chi hai a che fare.
Un giorno il diavolo potrebbe volere strapparti, e stai sicuro che non sarebbe la tua fine perché, lo avrai capito, proprio l'angelo allora sarebbe il più forte, quello che arriva dopo a contrastare, e ti salverebbe con tanti bei disegnini a colori lievi, a petali e fili di fiori.
Che cosa decidi? Vuoi essere in questo rischio?
Vuoi restare con me, con la terza me, a vedere le altre fare e disfare?
Sei sicuro?
Non sei per niente preoccupato?
Com'è possibile? Sei qui per questo, dici?
Io non sono una bambina, sono un campo con le tagliole per quelle altre.
È in me che tutto accade, dici.
Mi farai vedere gli inizi nascosti dei gesti e come

ho fatto a costruire le trappole, dici.
Se nascosti sono gli inizi, scusa, come farai?

Seguiamo i fiumi, troviamo ruscelli, facciamo la spola dal mare alla sorgente- dici?
Ma come parli?
Non sei una cosa tanto speciale. Sei solo il regalo di mia nonna per un decimo anno. Ha fatto in tempo a lasciarlo rilegato per me. Sei un diario, ecco tutto.
So io come possiamo fare.
Possiamo immaginare che tu sia una casa in un grande campo di alberi con un bel fiume verde chiaro. Possiamo abitarla con chi ci piace.
Ogni tanto sarò io l'ospite di pietra e tu descriverai la pietra, i suoi millimetri di venti nei cunicoli e l'acqua che si è fermata, bevendo tutto il caldo.
Dentro c'è terra con impronte di mille anni.
Quando sarò aria che va nel fuoco, ti scalderai.
Dopo, tutta grigia di cenere, mi calmerò lasciando orme sulle tue pareti.

Dimmi adesso- non avrai mai paura, a vivere un anno intero con me?

È

Nella decima stagione calda della sua esistenza, in un mattino con gemme di rugiada e spuma di soffioni sventati, i genitori di Sara riempiono il bagagliaio e sudano.
Si lascia la città. Una bambina non può restare ferma, salta qua e là, un piede per volta e senza scarpe.
"Arriva la tua compagna?", chiede il padre.
"Sì, è già in cammino."
L'amica di Sara ha un nome che non è davvero un nome.
Dice di chiamarsi È.
"Mi prendi in giro?" chiede il padre.
Anche la madre dubita di È.
Non viene mai vista da nessuno a parte Sara e s'indovina la cautela con cui le permettono di sedere a tavola, fare colazione, giocare e studiare insieme alla figlia. Non la conoscono.
"E allora?", dice sempre Sara, "Ve l'ho spiegato mille volte, se non la vedete non è che non esista."
Sara ha prove osservabili. Non le credono? Che siano attenti a come cambia, in compagnia di È.
"Quando si presenta perdo la fissità, c'è qualcosa tra le dita che si scaldano e quello che si tiene non cade, nessuna tazza crolla per terra, nessun frutto si spappola nella stretta incontrollata prima di arrivare alle labbra. Non è un miracolo?" vorrebbe dire, ma non lo fa.
Non intende convincerli.

Non può raccontare miracoli.
La madre di Sara in ogni stagione le addossa vesti troppo calde. Sara insiste: “Madre, guarda com’è È! Ha la mia età, al massimo una sciarpa d’inverno e nessun cappello. È luglio, fammi provare a non temere un raffreddore. Sono forte.”
I genitori a volte cedono, ma sono pieni di idee loro che si ripresentano.

*

Facciamo un po’ d’ordine.
Da dove viene questa È?
Sara l’ha conosciuta una sera d’inverno, mentre fuori nevicava e c’era solo il suo bel gatto in casa. Si era manifestata all’improvviso.
“Che succede? Che cosa ci fai nella mia stanza?”
“Niente paura, Sara. Sono qui per te.”
“Come sei entrata?”
“Sono venuta perché puoi smettere di credere a quello che a scuola, oppure per la strada, ti dicono mentre parli con foglie d’ippocastani a metà ottobre o sussurri all’acqua della fontana in piazza quando stai per bere. Sono sicura: non hai nulla che non sia a posto. Con me lo saprai!”
“Sì, come no. Non ti ho mai visto prima. Che cosa puoi cambiare? Puoi impedire a un tavolo di dirmi quanta nostalgia provi per il tronco da cui è nato? Puoi liberarmi dalle voci di tutte le cose che mi cercano? Sono troppe, non è così?”
Silenzio.
La prima sera È se ne va senza saluti, senza risposte. Non era facile incontrare Sara e nemmeno per È all’inizio lo fu.

Per confondere e allontanare chi voleva intromettersi negli affari suoi, Sara parlava in modo bislacco e dopo un po' non c'era niente da fare. Sara veniva usata dalle parole ma nessuno se ne accorgeva.

Per questo arriva È.
A liberare innanzitutto gesti, mani, piedi.
Sara è una bambina già grande che fatica ancora a infilare il pigiama, mettere d'accordo braccia dita spalle gambe. C'è un intero apparato da orchestrare.
Gesti e parole, tutti dentro di lei. *Ora muovo la mano, bevo dal bicchiere e per favore non ti opporre, non farti di gesso.* Le risposte sono anch'esse una folla da cui s'innalza il caso, un'ammucchiata di azioni.
Allora Sara dichiara la tregua, s'immagina di pietra, perde calore, è muta.

Sono tic e diventano ossessioni, hanno spiegato i medici: "Sara, dovresti imparare a riposare."
Un giorno le chiedono: "Vuoi rimanere un pò con noi?"
Sara ha perso il conto delle visite negli ospedali.
Il corpo intero e i nervi non paiono strozzati in alcun tratto. Gonfi di sangue, linfa e intenzioni. Protetti, le membrane idratate.
"Non sappiamo di più."
"Un caso molto raro, non c'è dubbio, vediamo come va."
A volte Sara è un insieme di pezzetti di vetro.
I pezzetti si crepano senza rompersi mentre cerca di camminare e tutti possono vedere e ascoltare di che materia è fatta.

Considera negli altri la facilità, invidia i loro dialoghi tra le mani e gli oggetti. Come hanno imparato a sbucciare una mela senza che prenda il volo?

È le ha detto che non deve credere a quello che si vede di lei, perché lei è anche altro.

Sara la richiama dopo un solo giorno.
"Ogni volta? Ci sarai ogni volta che voglio?"
"Ogni volta", risponde È.

*

Sara nella sua carne ha conosciuto mille ipotesi e direzioni.
Ma da quando è arrivata È, non accade più sempre così.
Adesso c'è la sua piccola guida, il suo segreto.
Con lei ha già imparato una minore resistenza, una più umile richiesta a sé stessa. Quando è di pietra, ora sta nella pietra senza paura di rimanerci intrappolata.
"Non sei tutta solo lì", dice È, "ricordalo, nessuno può farti prigioniera, niente e nessuno."
I genitori ascoltano lunghe storie notturne, la figlia adesso parla e non precipita.
Chi altri prima di È le ha mai insegnato cose utili?
I grovigli non si aggrediscono, si osservano fino a che nella densità non si trovi il capo di un filo che piano piano si svincola dal mucchio.
Sara s'incammina lungo quel filo per una strada interna che la porta fuori. Una promessa nelle vene e in tutti i muscoli.

È fa la maestra, una maestra diversa che le dice: "Non hai bisogno di capire, di fare hai bisogno. Così potrai sapere anche senza capire. A noi basterà essere come si sta sulle rive di un fiume, perché tutto passa da qui, da te."
I dialoghi con la sua piccola guida entrano nella notte, l'approfondiscono fino alla mattina e fioriscono di giorno.
Sara non capisce ma insieme a È si sente fortunata, leggera.

*

I bagagli al loro posto. È l'inizio del viaggio, l'estate, l'abbondanza.
Tacciono, il padre guida. Sara ringrazia l'asfalto perché sopporta pesi e ferite, è nato per essere grigio e farsi compatire.
Se lo avesse inventato lei, lo avrebbe fatto così: tutto a scintille, che di notte erano stelle e di giorno corpuscoli e colori. Pensa alle grandi ruote che lo tritano di continuo.
A Sara piace ringraziare. Lo fa con tutto quello che tocca, tutto le sembra vivere.
Il lavandino fatto di bianco, fatto di pietra, fatta di polvere, di terra e di acqua. Il tavolo fatto di legno, albero e foresta. Un tovagliolo è fiori di cotone raccolti e lavorati dalle macchine, le funzioni di metallo serve degli uomini. Le macchine senza l'uomo non possono esserci, dice il padre. Chissà. Sara vede un futuro pronto a dire la sua.
"Per adesso", pensa, "la tazza aspetta ancora un braccio di carne che la sollevi senza intoppi. Non il mio, io la farei cadere e il tè sarebbe un piccolo

lago d'oro sopra il pavimento. La mattina bevo con la cannuccia dalla tazza fissata al tavolo, fino a che non imparerò a misurare la forza che sostiene e fa pesare l'oggetto e poi arriveremo all'accordo."
Invece di allontanare da sé le cose che non può conoscere, Sara scambia con loro, insieme a È, intime esperienze.

*

La strada è quasi vuota, quasi per loro. L'automobile è blu pavone.
Sara non ha mai visto dal vivo un pavone, ma può far apparire il suo grado di colore.
Sara a scuola ama disegnare.
Scapole e spalla sinistra, avambraccio e muscolo, tendine che lega alla mano le dita per l'esecuzione- nella stanza entra qualcosa, un fluido s'infila per le arterie in tutto il corpo. Matita, pennello, forme che saltano alla luce.
Sara è una pittrice nata.
"Come valutare?", chiede la maestra ai genitori. "Il braccio non segue lo schema, Sara non decide, non porta mai una richiesta a compimento, disegna solo quello che le pare, non sa fare niente dal vero e deve esserci sempre la musica, se no il braccio non parte."

A Sara non interessa più quello che arriva da maestre e ospedali.
Adesso ha undici anni, ha trovato una lanterna e sa chi custodisce la miccia che porta il dio, colui che scioglie e trasforma, che trova altro in lei e per questo l'accende.

Ha rinunciato a chiedere a È chi veramente sia e dove abiti quando non le sta vicino.
Si limita a seguirla nell'estate sopra sassi di granito e calcare, in salita, e ormai non ha paura di precipitare.
Se traballa, balla.
Se cade, riesce a trovare da vicino e senza occhiali sezioni di fossili che hanno lasciato lì le loro foto.
È dura la pietra?
Se lo è, come ha fatto a dormire in questo nido un mollusco e com'è che le sue fibre proiettano ancora l'immagine dopo settanta milioni di anni? Ha memoria la pietra.
Se scivola dove le rupi erano fondali, adesso insieme all'onda si solleva.

Terra

L'uscita dal paradiso avviene molto presto per tutti. Dal primo istante in terra, la richiesta è un amore illimitato e onnipresente com'era nel grembo, nel giardino tutto nostro, solo nostro. Qualche volta non si incontrano aiutanti né maestri. Gli aiutanti possono essere alberi, animali-possono essere qualsiasi cosa, anche umani sbucati dal nulla. Qualche volta si fatica a essere trovati dagli aiutanti. Ma prima o poi, dato che esistono per ognuno, arrivano e ci benedicono.

*

"Dove sono nata, madre?"
"Te l'ho detto mille volte. Sei nata su una nave, all'improvviso e in nessun porto."
"Quindi non sono terrestre."
"So che sei stata festa per tutto l'equipaggio. Hai annusato corde e metallo arso prima che la schiuma di un bagnetto, forse per questo sei così."
"Così come, mamma? E dove, vicino a che confine eravamo?"
"Le acque non segnano confini, lo sai già."

Primo mondo

La capitana dice: "È tardi, vestiti e aiutami qui, devo oliare il timone."
Mia madre guida la nave della nascita. Non

grande ma solida, porta molte merci.
I primi anni, tutti stelle e venti, mi hanno formato e non ho paura di alcun elemento. Se per caso si accende un fuoco dove non dovrebbe, l'acqua è ai nostri piedi e subito lo spegniamo. La nave non ha mai perso un solo pezzo nelle bufere.
Non c'è luogo più certo della vastità senza sponde, per non perdersi.
Sono venuta al mare prima che al mondo.
Quando nascevo c'erano tempesta, fulmini, torri di grandine. Turbini e vuoto mi hanno accolto.
Anche attraverso la pellicola dei mari più calmi, se guardo a lungo vedo in fondo al buio.
Di notte resto insieme ai mozzi a pancia in su, fra le acque di sopra e di sotto.
Il cielo curvo mi fa pensare a un vecchio, ma così vecchio.
Eppure, dice la mamma, il cielo cresce ancora. È anche pancia che partorisce di continuo, non solo un vecchio che vuole sentirsi amato.

La cacciata

Non ci sono altri bambini sulla nave.
Sarà per questo che mia madre ha deciso.
Il prossimo porto sarà l'ultimo, ci fermeremo a Napoli.
Io abiterò, per sei ore al giorno, un'aula con amici e compiti e poi una vera casa, precisata e solida.
"Il vantaggio qual è, madre?"
"Piccola, ma ti vedi? È mio dovere presentarti alla comunità, ci sono bambini che ti piaceranno e sapranno arrampicarsi sopra un palo alto e scivoloso solo con i piedi, come fai tu. Hai già sei anni. Se

vorrai, farai la comandante poi, da grande- ma studierai per questo."
"A Napoli c'è il mare."
"Sì, c'è, per questo l'ho scelta. Mi hanno assunto in ufficio, sarò ingegnera. Sei contenta? La casa è aperta su un viale di palme."
"Non so, madre. Che cosa vuoi da me? Forse posso scegliere? Che cosa chiedi a fare?"
"Dove hai imparato a parlare così, dai marinai? Via, a letto!"

Nel bagno della nostra cabina c'è uno specchio.
Uno sgabello, io seduta non arrivo alla mia immagine e non posso sapere che cosa il mozzo, esperto di lame, stia per fare su di me, forse contro di me. Occhidigazza (che spazza e ripulisce il pescato) mi rassicura: "Farò presto, tu rimani ferma per favore."
Sono pronta a reagire però è troppo veloce a eseguire l'idea di mia madre che intende prepararmi all'atterraggio e dice: "Con questi capelli tutti attorno, colla di pesce e piante marce, non ci faremo trovare da nessuno che abiti nel mondo."
In meno di quattro minuti mi sono trasformata.
Non più trecce né aria di delfini sul ponte, né specchio. Mai più?

L'opposizione

Eppure in qualche modo divento napoletana.
Sono cangiante, è un dono delle acque.
I capelli non rispuntano ancora e nessuno sa perché. Porto sempre un berretto viola che sopra la testa brilla e scivola.
La testa è una palla, non resta ferma sul collo e al

suo centro anche i due occhi se ne vanno in giro, ognuno per conto suo. Si accorderanno, devono abituarsi agli orizzonti brevi. "Non preoccuparti, guarirai", dice mia madre.

La scuola mi fa venire attacchi d'asma e scappo. Approfitto della pausa e torno a casa passando dal Molo Beverello, salgo su una barchetta insieme a Gino che in estate porta i turisti e s'è bel tempo ci mettiamo a remare tutto intorno al golfo, lontanissimo dalla riva. Respiro alla perfezione. Quando torniamo mangiamo pizza fritta e taralli.
Al maestro presento una richiesta firmata e finta che dice: "La bambina deve essere a casa prima di pranzo perché ha una grave malattia e può mangiare solo cose preparate da me, sua madre. In fede e verità sottoscrivo chiedo e sono."
Per un po' non trovo intoppi.
Una mattina veramente sono un po' malata.
Bussa alla porta il maestro.
Mia madre è in ufficio, io sul divano con la borraccia di latte caldo e cannella tra le dita.
"Voglio sapere come stai, sei grave, non è così?", mi chiede senza complimenti.
"A parte il fatto che oggi sono davvero in cattiva forma anche se non è preoccupante, io non posso stare in classe", rispondo con la massima sincerità.
"Andare a scuola è un obbligo. Aspetterò tua madre, se non disturbo."

Non sapevo chi mi fosse padre, se avesse una casa di cemento da qualche parte o vivesse com'eravamo noi, uno che sapeva galleggiare più che camminare.

Epifania

Entra la madre con la coda di capelli che danza, sono lisci e si slacciano, ne ha così tanti che gli elastici scoppiano.
Entra e non vede me, ma lui.
Al centro del suo corpo, sul davanti, qualcosa brucia.
Io non so che cosa fare se non urlare: "Mamma, ti presento il maestro, ti ha aspettato. Per favore spegniti."
L'uomo adesso è alto due metri, ai piedi gli nascono sentieri, e fiori che spargono semi appena si aprono sul pavimento.
C'è una via di terra tra lui e mia madre.
Si avvicinano e io, la ragione del loro incontro in casa mia, sono adesso invisibile per loro.
"Scusami, Sara, non potevo aspettare, ho sperato fossi tornata appena ho letto il cognome sul registro degli iscritti, poi quando l'ho vista per la prima volta è stato certo- è come te, il tuo ritratto. Non potevo dubitare. Oggi ho preso coraggio. Oltretutto lo sai che non frequenta quasi mai? Tu sei fuggita ma ora sei qui. Ha senso."

La strategia

Così l'ho conosciuto.
Un giorno di sei anni prima, a Ischia, ero stata concepita da chiaro amore, dicono, perché si erano appena conosciuti. Forse il fatto che fosse di Napoli aveva decretato la nostra cittadinanza.

"Adesso avrai una vita normale finalmente, figlia."
L'uomo non sembra malvagio però non so davvero, è poco tempo che sta tra noi due.
Nemmeno mia madre lo sa, lei lo aveva provato un giorno solo.
A me non basta a fare di lui uno che vive a casa e ha ancorato il mio viaggio.
La colpa non è sua, è di più della legge.
Se non ci fosse la legge, io sarei ancora sulla nave-casa-volante, a perdita d'occhio.
Invece sono sua, di città.

Non devo adattarmici a forza.
Non ho deciso dove stare, non mi è stato chiesto, nelle loro teste è naturale. Così ho pensato al modo per evitare questa ingiustizia.
Se nessuno mi difende, faccio da me.
Innanzitutto- dal giorno in cui l'uomo ha occupato spazio con vestiti e libri, io non ho più parlato.
Non è difficile.
All'inizio mi scappava qualche suono per disattenzione, ora sono sola anche mentre si abbracciano in soggiorno. E nemmeno mangio più. O almeno, non quello che presenta mia madre.
La mattina esco presto, scrosto l'intonaco dai muri e lo metto in bocca, così passa del tutto la fame, bruciata fino alla polvere in me.
L'esofago mi avvisa in sogno- vesciche alle pareti, basta con la calce per favore.
Allora la mattina cerco fiori in giro, per cambiare.
Se li mangi direttamente dagli alberi danno anche da bere e calmano erosioni iniziali. Ne trovo e conosco dolci e acidi.

Oleandri bianchi e rosa per alcuni sono veleno ma non per me.
Quando anche i petali mi stancano rosicchio pietre, porose pietruzze raccolte ovunque.
Le porto a casa per cena, le lavo e lucido, sono molto belle.
Nel piatto le pesto poi mi concedo un po' di sale, un residuo di gesto sensato per ingannarli. Al medico raccontano: "Eppure aggiunge olio, come faremmo noi con l'insalata, sarà un indizio, c'è speranza?"
Mangio anche cera, colla, corde, carta con inchiostro e cotone di lenzuola serali.
In verità, io mangio innanzitutto me stessa- non solo unghie, ma dita fino al sangue. Quando si richiudono strappi nella pelle e una crosta è gonfia al punto giusto per essere staccata, di nuovo ho voglia che il segno rimanga. Cerco di allargare le ferite e mangio e bevo, faccio la cannibale.
Non conosco pane quotidiano.
Comunque, non sono l'unica.
In giro nel mondo tanti bambini cercano acqua nelle fogne, cioè non proprio dove dovrebbe trovarsi l'acqua. Cercano nella polvere e mordono i tronchi di giovani arbusti per far tacere i denti.
"Come possiamo esserti d'aiuto?", mi chiedono quando finisco in ospedale. "Noi non sappiamo più che cosa fare, ormai ti succede ogni mese."
Io non me ne accorgo. Mi addormento una sera qualsiasi, senza alcun malessere, e mi sveglio con aghi che mi svuotano. Mi riempiono di liquidi e antidoti, senza che io possa oppormi.

*

"Hai davvero esagerato ieri. Che cosa hai fatto?", una mattina i loro visi sono proprio attaccati al mio petto, tutti bagnati.
Non vorrei dirlo. Lo faccio perché smettano di agitarsi.
"Ho bevuto una bottiglia di polvere di vetro e granito mescolati alla mia urina. Facevo la comandante del mio viaggio, che si era incagliato dove non volevo. Ho dovuto inventare qualcosa, qualsiasi cosa, perché la nave tornasse libera di andare. Il dèmone dei mari me lo ha suggerito, quello della favola che leggiamo la sera."
Mio padre non vuole più sentirmi.
Prende la mia storia per le corna.
Parla nella mia lingua, lo riconosco.
"Vedi questa immagine che abbiamo stampato per te?", mi chiede.
Generoso, preoccupato, lo riconosco.
Forse per il fatto che si avvicina la fine della scuola e in estate andremo a vivere sull'isola, io stessa sono stanca di tutto e di me.
Anche questo devo riconoscere.
"È che viviamo qui e non ci puoi fare niente. Ricorda però: la terra è sempre in giro, proprio come l'imperduta nave. E non fa mai naufragio, custodisce i suoi figli sempre dentro di sé. Non dimenticarlo. Potrai salpare dove vorrai, anche se resterai. Viviamo qui e navighiamo per gli spazi secondo un ordine. Niente è mai fermo, tutto è un viaggio in armonia e il bello è che non dipende da noi.
Se ti degnerai di stare qui, vedrai come ti piacerà!"

La festa

Benvenuti. Grazie per avere risposto, per esserci. Non è stata una scelta casuale la lista degli invitati. Non vi riconoscete più tra voi?
Il tempo fa conteggi con la pelle degli umani e li confonde.
Tornate mai a cinque, dieci, quattordici anni di età?
Odette, hai saputo che le calze bianche sotto la gonna corta a quadri rossi erano due ali?
Scendevano alle caviglie perché le tue gambe erano chiaro vapore. Saltavo di lato lungo le scale della scuola per concederti il passo- così eri degna tu di superarmi? Non adatti i miei capelli a una coda di cavallo, densa e gonfia come un covone, mentre dalla tua nascono corde musicali.
Davide. Entravi in classe e ti chiamavi Stella di cognome. Eri la mia piccola fiamma, a te nel crepuscolo torno e davanti alla cartella azzurra accendo candele.
Giacomino, facevi il fruttivendolo sotto la nostra casa. A te pensavamo, al soccorritore nella fame quando avremmo dimorato fuori dai muri, fuori, sentinelle per aria chiuse sopra il balcone, per tutta la vita. Calando un cesto con la corda tu ci avresti salvato anche dalla sete.
Maestro mio, conoscitore di elementi e fondamenti- a volte faccio la pellegrina sotto al suo portone. Una mattina l'ho trovato aperto, ho spinto il ferro pitturato e sono salita fino al primo piano ma

non ho avuto il coraggio di entrare.
Ciccillo. Non ho più comprato caramelle da nessun ambulante, quelle sono soltanto opera delle tue mani, dell'industria nella tua cucina e fanno zattera del marciapiede dove ancora mi consoli sotto la pioggia per i ritardi del padre. Chi verrà a prenderti? Quando? Aspetti alla fine del tempo con me, io mi attacco ai tuoi gomiti che spremono limone all'anice frizzante.
Gilda. Come hai vissuto a Londra lontano da me con i tuoi genitori? Siamo di undici anni e la tua stanza è sonora, la madre entra parlando e ride, vi fa sperare nella felicità, bianco blu rosso la stanza della notizia che vi bagna, vi rinfresca, e i tuoi capelli a specchio con la riga non resistono a tanta fluidità e già sono in corsa, scappano.
Non bisogna piangere, potrete sempre scrivere, telefonare.
E voi, i miei undici anni, anche voi siete qui.
La classe della signora che insegna Montale chiede a me, che ho fissato le tende nel deserto, di andar per banchi a fianco ai miei compagni e ricordare: "Tutte le immagini portano scritto/ Più in là."
Alla signora piace come lo dico, come accolgo il mio compito e mi regala un sacchetto di dolci. Insieme facciamo progetti, ci sentiamo più grandi, presto avremo tredici e quattordici anni, la dignità di chi ne ha viste abbastanza e può dire la sua attorno a cose di terra e d'altro.
Anche la signora maestra se ne va, è trasferita.

Tras-ferire ha la ferita, è tagliare la strada in mezzo a noi.

La signora lascia alla mia famiglia un dono, una profezia: “Badate, la figlia sarà pronta a bruciare per la neve, annegare in un fiume a secco, andare per mari e monti calzata di scarpe di vetro. La sua gravità è ambivalente e a volte trova paludi per calarsi, altre solo acqua che scambia per umida terra. Può capitare che le nebbie la sollevino, ma è cadere che le piace di più. La figlia va scortata lungo il corridoio e fino al letto della sera; vi chiedo di credere al suo mal di pancia. Guardate, ha un volto di melagrana quando è costretta a prendere l'autobus verso il campo da tennis. Cresce e quella gonna così corta la odia ma non rinuncia, le piace dare schiaffi controllati alla pallina. La prima volta che un uomo sporge una risata dal finestrino di un'auto lei non capisce, non sa che cosa fare, forse dovrebbe ricambiare.”

Ricordi chi io sia, professor T.?
Mi vuoi alla cattedra, mi prendi la mano, mi dai sempre nove in geografia e io non so nemmeno dove vivo.
Non hai più grossi baffi, non stai dentro la giacca di crema sbrodolata. Dicevano che a casa ci fosse anche una moglie. Non ci credevo, una donna ti avrebbe avvertito.
Sarai cacciato dalla scuola media tu che dici: “Sbrigati e vieni, cammini sghemba per il sangue tra le gambe? Se non rispondi hai tre, mia latinista. E lavati, 'ché puzza la fanciulla in certi giorni.”
L'ho detto, ti ho denunciato, nessuno si era accorto di niente. Se è una bambina a doverlo fare, lo fa per sempre.

Ho chiamato anche il marmo della mia vasca da bagno, quel duro che m'intiepidiva i piedi e sopportava il peso della crescita, perché purificassi ogni piega. Quanto la piccola fosse fortunata allora non sapevo, la vasca mi accoglieva per la cura, altrove ci si lava nella fogna.
Se quella vasca mi ha lasciato dormire sott'acqua, se stavo in casa da sola e se l'armadio con le medicine si apriva senza chiave. Se facevo l'attrice in segreto la notte a incontrare diavoli e morti, nessuna colpa è vostra.
Volevo una ragione per lasciarvi. Quello che cerchi arriva.
Il professor T. fu appena sufficiente.

Non è tempo di attendere, brindiamo.
Aspetto le vostre mani sulla testa.
Si formerà tra un attimo la nascita, troverò foglie e pioggia, anno nuovo, settembre.
Aspetto la vostra benedizione, arrivederci presto.

“È dalla terra che si fa l’acqua
e dall’acqua l’anima”
Eraclito

C’è una bianca vecchietta.

Abita una casa in mezzo agli alberi. Si sono innalzati in tempi diversi e fanno i principi nel campo che coltiva, aiutata da qualche ragazzo. La terra le porta da vivere e nutrire i compaesani ma tra loro non scambiano denaro. La transazione è così: tu, che domandi a me, mi offri un’occasione per dare- a guadagnare siamo in due.

Ognuno risponde come può.

I ragazzi zappano, procurano semi o cantano di fronte alla casa mentre il crepuscolo è bianco dopo il viola degli alberi alla montagna, quando si ha bisogno di un fuoco vicino, un circoscritto fuocherello umano che la vecchia accende per loro anche se è estate. Le madri ricuciono le vesti da lavoro che si strappano. I padri portano legna.

Relazioni, legami.

I bambini chiedono patate, rape e perfino broccoli; in paese quei mazzi piacciono anche ai più piccoli. Insieme al pungiglione di un profumo insistente cedono spuma nella bocca, e per tutti è immaginabile il dialogo tra la vecchia e tanti verdi ciuffetti che si dispongono, nella sporta, all’intimità con qualche carne umana. Le lingue nei palati condurranno qua e là, sopra e sotto, quel ch’è stato nei piatti.

Qualcuno si accorge che le mani della vecchia,

sollevata la pelle tutta grinza, sono usignoli. Gli occhi vedono l'orizzonte anche se guardano a un centimetro da sé.

Per tutte queste cose, e per altre, un bambino tra i molti vorrebbe ogni volta chiedere, appena entrato nella casa, di restare ancora. Mai prima di avere ringraziato per le frutta e le verdure e a volte per un pane con uvetta che non fa in tempo ad arrivare alla madre. Lo avrete immaginato- il campo della vecchia è breve ma il raccolto basta sempre per tutto il paese.

*

Un giorno di neve, arrivato a bussare alla porta di legno gelata quando già spariva la luce, il bambino trova la vecchia con una torta in mano, perfetta e rotonda, da cui sale vapore. Il gatto manifesta, vibrando alla punta di ogni pelo, l'intenzione di restare da solo con la sua compagna.
"Non preoccuparti, non graffia, solo che oggi ha gli umori, vuole dirmi che può arrivare la primavera in quest'ultimo gelo" dice la vecchietta mentre apre la porta e gli tocca i capelli.
Il bimbo entra.
È subito aromatizzato, dal cappello alle scarpe, al grano saraceno e al cioccolato.
Si leva gli scarponi e resta in piedi.
"Che cosa vorrebbe tua madre oggi?" chiede la signora e porta legna grassa nel camino. Piccoli occhi di resina in fumo raggiungono il soffitto della stanza, scendono sulle nuche e infilano la schiena.

"Ho solo cavolfiori. Li ho raccolti ieri ma sono ancora croccanti."
"Quello che hai andrà bene, mia madre inventa minestre dal nulla."
"Vuoi un pezzo di torta?", offre la vecchia, "Un tè?"
"Grazie."
Lo zucchero a velo entra nelle narici e sotto la crosticina il morso prepara sapori ulteriori.
Una torta è diversa, la sua funzione non è di sfamare, il bambino lo sa.
Chiede alla madre ogni mattina verdure o legumi per la sera, così può riceverla.
Torna da scuola, beve succo di sambuco e corre verso il boschetto con un pezzo di pane ancora in mano.
Ecco la porta, c'è una corda che pende da un piatto ai cui bordi sono attaccate bianche campanelle di ceramica. Se si tocca la corda e la si tende in basso le campanelle suonano. Il gatto è alla finestra, una mano invita a entrare.
Si entra passando sopra un tappeto rosso e azzurro, che è un giardino e in mezzo c'è un albero. Ogni cosa gli racconta storie.
Il pelo del grande tappeto è rasato agli zoccoli dei cavalli più veloci tra i mongoli. Un altro, più piccolo, è il regalo di uno sceicco alla figlia che accetta lo sposo scelto per lei. Lo ha intrecciato una bambina con i capelli fino ai piedi, la loro ombra la protegge.
Il bambino siede, anche la vecchia tace.
"Allora, che cosa cerchi da me veramente?", gli chiede.
Le poltrone, una di fronte all'altra, tremano ap-

pena e il gatto ride, sa che il bambino non ha risposta. Chi e che cosa in questa casa cerca veramente?
Se fossero verdure sarebbe questione di un minuto, pensa il gatto.

Ogni pomeriggio fino alla sera il bambino resta senza fiatare.
"Ti hanno tagliato la lingua, è chiaro", dice la vecchia un giorno. "Forse lo so io che cosa aspetti. Forse tua madre non ti legge niente quando sei a letto, prima che ti addormenti? So che è molto stanca ogni sera, ecco perché, ma è sicuro- vorrebbe farlo."
"Signora", risponde il bambino, cui è tornata la voce all'improvviso, "leggo per conto mio la sera e non mi mancano favole o invenzioni, ho tantissimi libri."
"Che vuoi che importi quanti libri leggi da solo? Qui, se vuoi la minestra, anzi la torta, oggi prima ascolterai. A un certo punto tutti i miei ospiti lo fanno, oppure non verranno più.
Rimani ad occhi chiusi davanti al fuoco finché non avrò finito. Io ti coprirò per bene, sarai disteso sul tappeto rosso. Non muoverti e non parlare fino alla fine.
Sono stata chiara?"

*

Il bambino è nelle mani di una sconosciuta, c'è un rischio, lei coltiva e sfama però non si conosce la sua storia. Magari è un'assassina, è possibile.
Il bambino pensa che la vecchia accoglie non per-

ché è buona, ma perché poi chiede ascolto. Uno a uno tutti gli abitanti del paese saranno catturati- lo ha appena confessato.

I miei genitori si erano visti crescere. Tanto tempo fa, abitavano una di fronte all'altro all'ultimo piano di un palazzo in cui gli occhi di ognuno erano ovunque e si finiva per non guardarsi mai. Il palazzo era trasparente.

La vecchia parla per ore, il sole si è fermato e non cammina fino a che lei non lo vorrà.
Lui fatica a tener dietro al racconto pieno di stanze di vetro, buste per cibo, fiori falsi e quelli veri solo una volta. Chi prende per il naso con tutte quelle balle?

A un certo punto mio padre fu visitato di notte da certe immagini.
Erano sogni, ma lui non sapeva riconoscerli perché nessuno era preparato a cose che non accadevano più, come sognare.
Nessuno sognava se non a spizzichi ma quello che mio padre vedeva di notte erano intere figure, oggetti sconosciuti e viventi che tra loro comunicavano, agivano, formavano relazioni.
Notte dopo notte incontrava storie mai viste. Si convinse che tutto esisteva realmente, che doveva essere da qualche altra parte. E dove?
Non fu possibile vivere come niente fosse- gli effetti di quella lingua che si imponeva nel buio erano evidenti.
Quando mai si era visto in città un uomo la cui schiena s'atteggiava a una curva? Quella di mio padre lo era diventata.

Nel mondo di allora, tutti erano dritti e non morivano di morte naturale, avevano una scadenza già decisa. A 120 anni si presentavano nella stanza dell'ultimo desiderio e poi addio, davano spazio ai giovani, insieme non potevano vivere perché lo spazio non bastava.
Conobbe il tormento sconosciuto della fame quando nei sogni una signora grande e luminosa gli suggerì di rifiutare la busta della pappa mattutina.
Non tardò molto a sentire: "Qui non posso rimanere, so solo questo", e lo disse a mia madre.

Una mattina la chiama dalla finestra e si trovano per strada.
Corrono alla fine dei palazzi e delle piazze con i fiori di gelatina, gli alberi in proiezione e le sorsate di ossigeno mandato in aria dalle riserve sotterrate, prodotte lontano, da qualche parte, e tradotte in città.
Sono favoriti dal caos che l'unica (e perciò intensa) bufera dell'anno fa passare tra i palazzi. Porta buio, confonde gli spazi.

"È stato facile andarsene?", chiede il bambino sottovoce, violando il silenzio.
Anche lui aveva fame- di sapere che cosa davvero volesse dire l'esperta di cura e piacere, di luci e segreti.
Quella era una maga, era sicuro- e lui un bambino, perciò era curioso e restava, lo faceva anche per il bene dei suoi amici. Li avrebbe avvertiti dei pericoli.

Corsero ancora, senza pensare. La pancia affamata collaborava e taceva, tutte le forze erano insieme.
Fino a che i palazzi furono alle spalle.
Era già sera e in cielo videro nastrini bianchi, fumi, figure. Videro per la prima volta le nuvole.
Là dove hanno vissuto c'è solo metallo azzurro in alto, senza variazioni di colore o densità.
Le nuvole erano così belle che qualcosa cadeva ai lati delle guance, facendo al suolo buchini grigi.
Veniva dagli occhi. Si toccavano il volto e saggiavano sale.
Non si piange mai, nel loro mondo di prima. Nemmeno da bambini piccoli.
Ma qui nessuno li ha trovati- nemmeno inseguiti, nemmeno cercati. "Non c'è prigione, il mondo non è una prigione." Ridevano nelle lacrime.
Camminarono fino ai primi arbusti di erica selvatica, a gruppi di ginestre su pietrami bassi. Le ginestre che avrebbero un giorno, con la fibra custodita negli steli, costruito i tappeti che vedi, bambino.

Seguono per ore una via, c'è in loro una specie di mappa.
A scuola ti hanno insegnato- quando si allaga un pezzo di steppa, anche duecento chilometri lontano, gli animali dei deserti lo sanno e subito vanno verso i pantani.
Nessuno dica che l'acqua non ha odore, né sapore, né udito, né linguaggio.

Così accadeva ai miei genitori come agli animali.

Le narici appena nate indicavano l'odore dell'acqua, delle sue vene nascoste.
Nel mondo di prima c'erano solo perle da ingoiare e non c'erano fontane. Non so come si lavassero, questo non me lo hanno raccontato.

Il bambino non sa prevedere la fine. Deve restare, ripete a sé stesso, per raccontarlo. Dirà a tutti di tenersi lontano da lì.

Camminavano secondo il progetto dell'acqua, maestra dell'andare.
Finché una notte conobbero la pioggia e con la pioggia la benedizione.
Non chiusero gli occhi e aprirono tutto il corpo, fecero entrare gocce d'argento nelle bocche, nelle narici, nelle orecchie, negli ombelichi, si erano spogliati nudi.
Al centro della tempesta udirono una canzone che li avrebbe fatti arrivare proprio dove noi siamo, bambino.

"Continua, tra poco è sera, mia madre aspetta."

L'acqua dentro di loro e l'acqua dalla cascata insegnarono ai miei genitori la canzone che ogni sera ricordavano per me davanti a questa casa, faceva così:

Quando sono nata non so.
Ricordo tutti i luoghi.
Mi conservo in vita, perché per me non c'è altro che vivere, per me che muto forma di continuo.
Quando cado nella terra, per un po' mi ci di-

sperdo e attendo.
Una pelle di seme se ne accorge, mi chiama.
Io, in pace nell'abbraccio del fondo, non vorrei tornare a un confine.
Eppure non posso sottrarmi. La pelle del seme mostra una minuscola apertura, una specie di bocca che m'include.
A questo punto non so in chi sarò.
Non cambia nulla per me, io resto quello che sono.
Una piccola goccia di acqua in viaggio per un infinito di corpi e sostanze.
Ritornerò nella linfa nel fusto nel frutto nella foglia.
Il frutto sarà mangiato da un piccolo corpo di piacere e quando il bambino piangerà gli toccherò la guancia.
La foglia cadrà e marcirà?
Sarò nella terra, faremo il fango e dal fango il sole mi estrarrà. Poi sarò vapore, arcobaleno e pioggia.
Nei deserti verrò leccata da lingue di ogni ampiezza.
Il mio cammino si unirà a quello d'altre, dal cielo in terra al fiume al mare a montagna e ghiacciaio e di nuovo alla terra.
Dal cielo alla terra, dalla terra alla sorgente e da quell'acqua all'anima.

"Eppure non capisco", dice il bambino. "Non ho mai sentito di acqua che parla, se non nelle favole. E poi in questa storia c'è fantasia. Io volevo sapere fatti, da quale città vieni per esempio, che scuole hai frequentato, cose così. Eri sposata

prima di venire qui? Non capisco perché mi prendi in giro, a che serve parlare di acqua?"
"E tu non capire!", gli risponde e ride.
Parla dei mondi, della sete, gli predice che da grande lui non perderà questa storia.
"C'è molto da trasformare, ricordalo", dice la vecchia e finalmente tace.

*

Arrivano al silenzio quando il fuoco è spento.
Il bambino adesso è immobile, il bordo del tappeto fino agli occhi; dopo quel sogno non vede nulla, nell'aria arancio delle braci che ha di fronte non riconosce dove si trovi.
La vecchia se ne accorge e accende un microfono, sa che il bambino vorrà liberarsi di una pressione in gola, che parlerà.
Il bambino non sa che cosa stia dicendo, gli sembra di farlo un po' a vanvera e non si può controllare, anche la voce non è proprio la sua.
Resta fino alla notte, quando il telefono lo trova e lo riporta a casa.
Si ascolteranno anche così, a distanza.

*

Il bambino è finalmente tornato in sé.
Ha temuto di perdere la ragione ma ora a scuola impara subito.
"Come hai fatto a cambiare così?", chiedono gli amici. "Dicci il tuo metodo!"
Non saprà mai perché ha dormito tanto a lungo, non si è alzato dal letto per un mese. Non ricorda quasi nulla, glielo deve raccontare ogni giorno la

madre. Ma quello che ha visto in sogno non lo lascerà finché vivrà.
Sarà contadino.
Non ucciderà alberi sani né dissecchera fiumi, ogni goccia verrà salvata.
Non farà dolorosa l'esistenza agli animali e li ringrazierà per ogni aiuto.
Canterà e pregherà a modo suo mentre semina.
Scambierà cibo e non starà troppo a contare monete.
Il cibo non ha prezzo, perché non ce l'hanno terra e acqua, le abbiamo trovate già fatte e hanno vite loro. Sarà bravo a procurarsi il necessario.
Per l'umanità avvelenatrice di pozzi proverà compassione e non disprezzo.

Neve a venire

Appena l'estate smette di trillare il bambino esce per campi e boschi.
Immagina di essere nel Medioevo e che appaia uno con alti stivali verdi a punta, bisaccia in spalla e flauto in bocca, seguito da qualche carovana-topi, giullari, farfalle.
Il bosco è il suo incantesimo, nell'autunno all'inizio è incendiato da piccole grida di foglie che mentre ardono nel fango già si preparano a tornare.
Lui vede i tempi che girano, i raggi della ruota mai ferma.
Non crede alla morte, non esiste una morte di tanti colori e calori.
Una volta, quando c'era il padre, ha visto i tronchi delle betulle bianche nell'inverno e nemmeno quella pelle fatta di polvere d'ossa gli ha parlato di fine, ma di inizi.
Trova inizi ovunque. Forse è solo il suo modo di amarlo.
Prima di andarsene, nei giorni in cui era in forze, il padre lo portava a vedere queste cose.
È giusto, è vero, non crediamo alla morte.
Suo padre dov'è, però, non sa vederlo.
Adesso torna da solo nel bosco. Mentre cammina la terra gli carezza i piedi e a sinistra, nel fondo dell'occhio, c'è una grande mano.
Arriva a una girandola di funghi e li lascia a terra, sa che nutrono le radici degli alberi e traducono

per loro notizie e consigli nell'intimo del tronco, nel midollo.
Il bambino non crede alle morti d'autunno e non crede alle tombe. "Un vivente non può restare fermo nemmeno dopo", dice alla madre che porta al marmo una rosa, "per questo non ho voglia di venire con te alla pietra col suo nome."
Ogni giorno arriva al faggio più alto. Si arrampica lungo radici multiple e siede alla base del tronco, piedi senza scarpe, legno.
Parlano a lungo. Il faggio ha notizie del padre, ch'era suo intimo amico, anche se non gli dice mai che cosa stia facendo nell'invisibile.
Qualche volta, se c'è ancora tempo prima che torni a casa, il faggio canta come faceva l'uomo quando lui era piccolo.
Questo gli fa l'effetto di un'acqua tiepida al freddo, o di un tetto durante il temporale, lo fa sentire curato, mai dimenticato.
Il faggio dice di averla imparata dall'amico suo padre.
Prima che le pozzanghere di sole svaniscano sopra le foglie si addormenta qualche minuto.
Quando si sveglia è il faggio che abbraccia. Promette di tornare, almeno fino alla prima neve.

*

Oggi piove e il bambino cammina nel molle.
Calza stivali rossi accordati al bosco. Arriva, siede, i lunghi rami si piegano sulla testa, non ha paura dei fulmini anche se non dirà alla madre che è stato sotto gli alberi mentre c'era tempesta. Dirà ch'è bagnato perché non ha l'ombrello e questo è vero.

Vorrebbe che il grande faggio mostrasse fiducia, notasse quanto è cresciuto e gli dicesse qualcosa di più, di nuovo, un segreto che non conosce ancora.
Il faggio non può. Lo dice al bambino. Che per un minuto tace, si rassegna.
Poi ricomincia: "Almeno dimmi che cosa significa *ovunque*, mio padre *ovunque*, quindi dove per esempio? Ho dieci anni, parla."
Il faggio tace. Al bambino resta l'eco.
La neve sarà tanta, tra un mese nemmeno gli stivali potranno attraversarla, per questo ha fretta.
Il faggio si è sottratto per la prima volta. Non gli sembra un buon segno.
Il bambino pensa di averlo offeso con la sua insistenza e prima di andarsene lo abbraccia ma non si accorge più della linfa che sale, né riceve il contatto di una pelle che sembra d'animale- calore d'elefante o di un certo tipo di cane, pelle di un altro mondo, un mondo nato dalla stessa madre. E dallo stesso padre.
Per la prima volta non sente il padre.
Termina la pioggia, piange mentre cammina verso la casa.
Per la prima volta piange la morte, che esiste eccome, esiste adesso e nel suo pianto non può negarla. Nulla sa più del padre.
A casa sua, di fronte alla madre, nessuno scalda i cubetti di ghiaccio nel suo cuore che in realtà sono lacrime. La madre annega per conto suo e ha bisogno di una zattera, non di altro mare.
"E adesso chi mi ha sciolto in un attimo il gelo?"
Gira e rigira per sette volte attorno al bosco e chiama.

Quando si ferma si accorge che nel petto, al posto della mano che strozzava, ora suona un tamburo.
Corre e ritorna, spinge e ritorna, su e giù a destra e a sinistra in alto e in basso dietro e davanti.
Dal volto cadono due piccoli fiumi, scaldano le guance e gli fanno bere acqua salata, quasi un cibo.
Non ha più paura di annegare, né che possa accadere alla madre.
Allora comprende.
"È stato quel suono a sciogliermi gli occhi. Sta dentro il petto, è il cuore che batte incontro a me. Io sono anche mio padre, ecco il segreto che non mostrava il faggio. Potevo scoprirlo da solo: così non l'avrei più scordato.
Se nasce in me abiterà sempre qui, in me. Non viene da fuori, non viene dall'albero, non può mancare. Di niente altro ho bisogno che di ascoltarlo. Questo è il regalo del padre perché oggi ho compiuto dieci anni."

Quando arriva a casa è asciutto, dopo il temporale il sole al tramonto è bastato.
La porta è aperta, la madre è appena tornata e lei ama l'aria fredda prima della neve, che le regala una polverina rosa sulla pelle del volto. Stanotte non resterà a lungo sul bagnato però sarà l'annuncio.
Il padre gli raccontava che tutto il pane viene dalla neve, che è la culla dei suoi semi.
Insieme ai cristalli scende dopo due anni un colore sulla madre e si vede, si vede proprio bene sulle guance.

Riparazioni di gruppo

In una nascosta città dell'Operingia, nota per lo spirito pratico degli abitanti, viveva da qualche anno una coppia di sposini molto innamorati.
Perché avessero scelto proprio quel luogo per abitare e lavorare, non si sapeva. Non si erano mai visti prima e dopo qualche sospetto nessuno se lo chiese più.
Ogni sabato i due invitavano i vicini a cene piene di grazia, sformati e composte di succhi freschi di frutta.
Entrare dal cancelletto sempre ripitturato disponeva gli umori a rinnovarsi, e dentro la casa la luce dal giardino bagnava ancora le gambe.
Anche lo strofinaccio in cucina era in armonia con le scarpe e le tele alle finestre.
Le vicine non capivano tutta questa cura.
La sposa aveva la voce fatta di materia sconosciuta, stratificata nelle dritte grane di una seta. Quello che diceva scivolava nell'altro, giù dall'orecchio al seno, senza perdersi.

Se non nasce una famiglia a queste condizioni, quando mai lo farà?
E così un giorno, nel tempo e nel mondo in cui si scelgono i corpi terrestri, per due anime era arrivato il momento.
Nella città dell'Operingia, sulla forma tonda e blu, nevicava.
Due futuri genitori si abbracciavano completamente.

Poi, pieni di gratitudine, si addormentarono davanti al camino di pietra.
Sognarono due voci che dicevano: "Perché devi seguirmi? Arriverò laggiù da solo." "Non dire scemenze, io ne ho diritto quanto te, che tu lo voglia o no. Non ho bisogno di permessi, vado dove vai tu." "Peggio per te, allora forza, muoviamoci."
Quando si svegliarono furono molto stupiti a raccontare il sogno- avvenuto in un luogo reale e in comune, uguale per tutti e due.
Restarono in attesa di quello che già sapevano.

Nove mesi dopo, allo scoccare della ventiquattresima ora, la giovane vide nella sua vasca da bagno – in ospedale non si andava più, ognuno sapeva fare da sé – una testa nera e pensò fosse finita.
L'urlo che seguì l'uscita fece spaventare il bel marito, che la carezzò e disse: "Ce n'è un altro che bussa forte, apriti ancora!"
La testa che galleggiò nell'aria questa volta fu chiara, con una mano che stringeva il cordone ombelicale e cercava di strozzare la sorella. Che fu chiamata Prima e lui Secondo.
Non si badava ai nomi allora e quello che capitava si poteva cambiare, a partire dai tredici anni, anche più volte in una sola vita.
Fu così che nacquero, grossi e sani, Prima e Secondo.

Passano i mesi e imparano a parlare, camminare e gridare. Non uno solo, che fortuna, così farete un'unica fatica, dicevano le vicine.
"Non è solo fatica", rispondeva la madre, "non so come chiamarla questa vita."

*

Dopo quattro anni già i bambini riescono a leggere. Hanno imparato da soli con un libretto di fiabe illustrate. I genitori li osservano e li temono. Non per la loro intelligenza, ma perché litigano e non c'è pace.
Eppure la casa è perfetta.
Prima ha i buchini sulla guancia. I capelli sono diventati uno specchio di rame. Secondo ha in testa fili bianchi e gialli. È intonato anche quando urla. Stanno sempre insieme. Dove cammina una, l'altro segue. Non lasciano una sola rosa sullo stelo in giardino, che non è più così vivo. Se Prima coglie una dalia, Secondo deve avere tutti i garofani. I genitori si vergognano e smettono di invitare i vicini per non vedere i sorrisetti in mezzo alle aiuole disfatte.
I piccoli, racconta al padre la madre, non sono d'accordo su nulla.
Se domanda per esempio *volete mangiare patate?* Prima dirà *sì* e Secondo *no*- poi faranno un tale scompiglio che tutti arriveranno al cancello e chiederanno di farli tacere perché spaventano i cani, che abbaiano e si uniscono alle grida. Che figura. La madre non chiede più nulla, la cena finisce come finisce.
I bambini sono offesi. Prima perché non ha le patate, Secondo perché a nessuno interessa che cosa gli piacerebbe.
La madre non li soddisfa, non li avvicina, non lo sa fare e nemmeno ci prova. Loro non capiscono la madre, che se ne sta lontana.
Il padre, quando torna dall'ufficio, trova tre per-

sone in lacrime e non sa chi consolare.
Ma poi decide.
I bambini non si fanno toccare, la moglie invece non aspetta che il suo abbraccio.
I due impossibili figli restano senza saluto e senza cena.
Prima va alla cartella a prendere i colori. Secondo fa lo stesso e siede sopra il tavolo per il disegno.
"Vattene", urla Prima, "io ho bisogno di tutto lo spazio, devo fare una cosa grande con tre fogli uniti, vattene."
Secondo non si fa impressionare: "Prova a toccarmi. Sono anche i miei genitori e tutto è anche mio."
Il tavolo finisce sottosopra, i grandi in cucina vorrebbero intervenire ma pensano sia meglio stare in disparte. Si abbracciano tra loro e si preparano all'assalto della notte.
Nessuno dorme perché i bambini si svegliano e chiamano- finché uno si alza e li mette a tacere con un buffetto forte sulle guance.

*

La madre ha i capelli così lunghi, per due anni non li ha mai tagliati né si veste più per fare la spesa e in ufficio non si fa vedere.
Il medico sottoscrive che si è ammalata, anche se non nel corpo che sembra ancora giovane e sano.
Dimentica le scarpe, non bada alla gonna senza cerniera, esce così, pensa *ma che cosa vorrò comprare*, incontra il primo conoscente e al suo saluto si sveglia, si guarda e corre a casa. Ordina cibo per telefono.

Il padre torna, trova la donna e non l'abbraccia più perché i bambini corrono da lui, ognuno gli si attacca alle gambe e prova a non farlo camminare, si sfidano a chi ride meglio e più ad alta voce e il padre resta immobile per un minuto, poi se li scrolla di dosso e con un balzo, per evitare che lo rincorrano, entra in bagno e chiude con la chiave.
Prima e Secondo bussano e bussano, fino a che il padre una sera decide di agire, li prende per il braccio e li trascina nella stanza, senza dimenticare di bloccare la maniglia dall'esterno.
Sono insieme per la prima volta a chiamare aiuto dalla finestra.
"Aiuto, ci hanno chiusi, aiuto!"
Passa la vicina.
È stata innamorata degli sposi perfetti, e adesso immaginarne la disfatta è una colpa- ma anche una riparazione. "Ecco che cosa capita a quelli che investono troppo nella rappresentazione di sé, tutta quella bellezza ecco dove finisce", pensa e si sente molto saggia.
Quelle urla ogni momento la mettono in agitazione, adesso deve intervenire.
Chiama i servizi sociali.
Arrivano in tre. Trovano due piccoli sporchi, hanno la febbre e i pigiami sono di cotone. C'è una madre ancora più magra.
Il padre è ben vestito ma non riesce a parlare.
Non risponde la madre alle domande, è muta anche lei e loro non sanno che cosa fare. Però li avvertono, saranno tenuti d'occhio. I bambini devono nutrirsi e fare il bagno la sera.
"Che cosa succede qui? Non siete poveri, ditelo a me, che cosa vi manca?"

La poliziotta senza chiedere permesso cerca in cucina e scalda due tazze di latte con la cioccolata che trova tra i formaggi.
I bambini bevono senza storie, senza più singhiozzare. Ci sono anche biscotti.
La madre guarda loro, la poliziotta, il latte.
Osserva a lungo, nessuno parla.

Forse le serviva un testimone, e che qualcuno la trovasse nelle pesti.
Forse può fare anche lei così, senza paura che tutto si scombini può dare quello che c'è, offrirlo a mani aperte, guardare i figli in volto, cantare qualcosa, raccontare una favola, invitarli come ha fatto quella donna: con l'attenzione che non si aspetta rifiuti.
Non ha conosciuto madri, nonne e nemmeno zie.
È cresciuta per strada e poi ha avuto fortuna, ma che ne sa di come sono i bambini?
Il marito lavorava a otto anni- anche lui che ne sa?

Lo possono fare insieme, un gesto tira l'altro e l'intuito non muore, si può svegliare all'improvviso con un solo esempio. Come adesso.
"Grazie, abbiamo capito", continua a dire la madre alla poliziotta, che sembra contenta. "La cercherò ogni volta che starò per tornare nel buio, ha la mia parola. A me, prima di lei nessuna donna ha mai insegnato niente."
"A presto, a presto, chiamatemi e arriverò, ho anch'io due figli e non vi lascio mai soli", sorride la donna e se ne va.

I bambini si avvicinano alla gonna della madre,

l’annusano, si lasciano accarezzare.
La notte arriva con la luna che la schiarisce, si fa ordine in casa con semplicità alla portata di bambini, adulti bambini e genitori.
Tra un po’ dormiranno, poi domani a sole alto potranno avventurarsi fino al parrucchiere e tutti insieme si faranno belli.

Riparazioni della forma

"Signorina, ci pensi, è nel suo caso inutile e dannoso."
"Dottore, l'ho già detto, facciamo presto."
Era sempre così il dialogo tra lei e i suoi restauratori.
Ha dieci anni quando lo immagina la prima volta.
Se esistesse una sega per eliminare fette di me.
Senza gambe per esempio.
"Dottore, sì, dismorfofobica è solo una parola, io spero invece nel gesto della lama, è questo corpo vivo che lo chiede."

Sara si addormenta, l'operazione è breve e fatica a svegliarsi.
Paga la prima rata, ha lavorato ogni sera dopo lo studio, in segreto, alla gelateria di fronte casa. Appena arriva a cinquemila si licenzia.
Torna a casa in taxi e a letto sente scoppiare la guaina.
Sara pensa a una storia appena iniziata.
Pensa all'intero, alla sua anima che invidia gli dèi.
Irriconoscente, ingiusta, avida, aspira alla spunta delle ali e crede sia perché la sua partenza fu di verme.
A dieci anni aveva la febbre e accanto c'era qualcuno disteso nel suo letto. Ingombra lo spazio, e lei è più malata. Carni fermentano, in mezz'ora tutto muta nei suoi contorni e nelle segrete caverne cerebrali.

Un'aliena la forma, la sferza, la farebbe a strisce e polverine, a scaglie e bricioline.
Galera essere qui, in me.
Sarebbe facile ma non soddisfacente sparire subito. Sara si chiede tempo per svanire, sa costruire trappole lungo il cammino.
Ha un progetto.
È senza forma, è vero, ma sa dove sarà tra molti mesi, se non come.
Un anno nuovo per ogni operazione. Ventre, braccia, il seno no, quello deve restare. Madre.
Naso, occhi, labbra e nel frattempo tagli minori, aghi senza numero.
Nessun medico mi dice di no. Se provano, offro il doppio. Vendo i miei terreni.

Il lettino è un altare.
Senza i chirurghi estetici, che mi legano ai sacrifici, la mia vita sarebbe indiavolata.
È dolce invece riposare alla finestra aperta dopo il ritorno a casa, a letto.
Lenta la cura, pulirsi, spalmare, bendare, un film mentre si beve la minestra. La madre faceva la crema alla francese solo quando era malata.
Attende con fiducia la prossima sfida. Si è preparata al meglio e per un mese ha bevuto limoni caldi e ha meditato, per chiedere perdoni e benedizioni.
Ma le assi portanti delle arterie deviano. "Proprio non è possibile fare di più adesso", le dice oggi un nuovo mago. Pietre di collagene deviano i fluidi, chiudono i lacci delle vene- crude corde di metallo private del sangue, sempre tutto impegnato a pagare.

Il garage

Riparazioni nello spazio

Non è una città, non è un paesino, è confluenza tra i due.
Bellezza e cura non si manifestano, per ritrovarle bisogna scartare palazzi e vie asfaltate. Perché un cielo è un cielo ovunque.
Anche se guardi in basso trovi sempre un po' d'erba sassifraga, fiori, colori di terra quando è piovuto o di terra secca e chiara.
Io reggo cinque piani di uno scolorito edificio.
Sono sempre stato un garage. Fino a un certo punto. Nel mio passato c'era soddisfazione: ero bocca sempre aperta per nutrirmi di auto la sera e spingerle fuori di me la mattina. Non ho temuto la melma, profumavo di nafta e benzina. I bambini aprivano le narici al mio straniante aroma.
Fino a che un uomo non mi ha svenduto e sono rimasto unto, nero e gelato. Non mi scaldava il continuo entrare e uscire dei veicoli, ma ero contento. Ero utile a molti.
Poi più niente e nessuno.
Fui chiuso. Per cani e uomini diventavo parete di scarti all'esterno. Ma non volevo finire soffocato.

Di fronte a una delle mie serrande sempre abbassate viveva, sull'ultimo ramo di un oleandro, un uccello.
Un giorno una ragazza mi fu di fronte e non mi oltrepassò, perché si accorse del nido.

Non capivo da che quartiere venisse o che distante e differente luogo. Forse la ferì quel leggero colore ai lati di me, che batteva lampi sotto coperta. Intuì le mie ampiezze, le immaginò oltre il ferro grigio delle vecchie sbarre.
Scattò fotografie, sorrise a testa in su verso l'uccello.
"Bella cinciallegra, tu che vivi qui potresti chiedere a questo anfratto che cosa nasconde?", dice a voce alta la ragazza.
Risponde la cinciallegra: "Questo luogo è maltrattato. La proprietaria è ricca, pensa solo a ricavare il meglio mentre lo spazio muore. Nessuno per questo lo desidera, serve una volontà inutile a salvarlo, non è un affare, il prezzo è troppo alto."

La ragazza, impietosita, parlò anche a me: "Povero garage, una storia deprimente. Scommetto che all'interno ancora nascondi le tue migliori idee, in attesa soltanto di un paio d'occhi nuovi.
Uccello della gioia, tu sei equilibrio tra l'abbandono e un annuncio, una insensata promessa, qualcosa che riscatti e ripari. Siete la coppia più intrigante di tutta la città! Ci credereste? Cerco proprio voi, per i miei affari. Inseguo sempre l'impossibile."

Per me era matta, l'ho capito subito da come parlava e sono rimasto in attesa d'avvenire.
Scatta un'altra foto con le spalle scoperte entro la cornice della mia chiusura centrale, ornata di maledizioni a politici e sconosciuti. Ruota la gonna mentre mi oltrepassa. Nell'aria fiorisce la prima viola sotto l'albero.

Sono vecchio, riconosco subito un'occasione.
Mi aiuta la pioggia una notte. Al mattino sono in grado di riflettere lamine rosa, perché c'è quel buon marmo sotto le scritte che mi circondano all'ingresso.
La storia del luogo tradito nell'incuria è bell'e pronta.
Ho visto giusto.
La ragazza spia dai ferri a rete che mi chiudono e ogni giorno rimane un po' di più sotto l'albero, con le orecchie alla corteccia.
Non ha proprio deciso, ma già so che cosa tra poco chiederà all'uccello.
La cinciallegra atterra sul terrazzo della proprietaria e la invita all'appuntamento sotto l'albero, mentre passa lei, la mia restauratrice.
Si dicono le donne, di fronte a me, a un albero e a un uccello: "Fallo se vuoi, costare costa molto anche in affitto. L'affare è pessimo per farci il tuo negozio ma scegli pure, scegli adesso però, non perdo tempo con te."
L'onestà della vecchia riccona del paesotto non ferma la sconosciuta salvatrice di luoghi, che risponde: "Altro non cerco se non il perduto, in esso sono viva, sarò felice quando avrò finito. Non riesco a sopportare la visione- un luogo ampio, alto tre metri e con tre grandi entrate. Chi ha permesso lo scempio? Non posso ignorarlo e se mi costerà tutto il mio avere, allora pagherò."

*

Sono proprio messo male. Mi aprono per intero, mi trapiantano tubi e filamenti, legano, scrostano

e lisciano, provando colori.
Infine divento magnifico.
Sui muri scrivono frasi di filosofi.
Ricevo e vendo giochi per bambini, un prato di cotone verde, abiti e profumi. Al fiato di tante persone sono spensierato e qualche volta felice.
Dopo un poco mi annoio.
Ormai sono aperto alla vita, senza più trame di ferro ma solo vetri a prova di armi- e tutta la mia faccia trasparente al mondo.
Perché farmi calpestare da questi perdigiorno?
Un garage è utile e umiliante, e io avevo accettato ogni peso. Questo posto è per chi ha tutto, come la ragazza che mi ha voluto.
Sotto di me, molto in fondo, corre un torrente. Fingo secchezza nel legno che mi copre il suolo, e l'acqua risponde sempre a chi ha sete. Succhio e chi passa è sollevato, il pavimento un'onda, *che strano, che succede, perdo equilibrio a camminare qui dentro*, pensavano i clienti, *il mio bambino piange, corro via!*
Poi lungo i muri si arrampica la muffa.
La salvatrice non ha più denaro né redenzioni da regalare, tutto mi ha dato e dice addio al suo gioco.
Adesso sono in pace, nessuno per un po' mi toccherà.
Ma l'uccello non ha lasciato l'albero.
Aspetto desideri, bisogni che investano in disfatte.
Sono nato maestro.

Per le città imperdute

Un anno è compiuto. Un altro giorno.
Provo la vista alla massima lontananza e guardo in alto. Sotto il ramo di abete, in mezzo al prato davanti alla cucina rimango immobile sulla pietra rosa. La luna è gravida.
Abito un qualsiasi paese tra gli alberi. Un uomo ogni tanto mi dice: "Buongiorno Signora, non fa bello oggi? Ci sono fiori sui rami e si prepara la linfa a ingrandire i petali."
Pochi individui circolano per la montagna. Le bestie della notte sono più numerose.
Esco brevemente per la spesa la mattina, compro solo verdure, pane, un quarto di vino il venerdì.
I bambini non capiscono se sono buona o cattiva. Ogni tanto si spingono, dopo la scuola, fino al cancello rosso e alle more rampicanti strette al ferro arrugginito- nessun frutto di nessun luogo è simile a queste. I bambini si fanno nere le lingue, poi arriva il suono di una porta lontana che si apre- è quella del giardino, loro subito a scappare e io invece stavo per dire *venite, venite!*
La sera presenta più colori dell'avorio delle stelle. Un pianeta blu, uno rosso, un altro violetto, uno fiammeggia in lungo e in largo e muta perimetro, un altro ruota su sé. Mai visto un tale convegno. Che cosa si prepara nel cielo tanto abitato?
E mentre la bella pancia della luna ingrassa, i gatti si addormentano alle caviglie. Il cuore galleggia sul pelo liscio di questo mare di sopra e invento

una canzone. Lo faccio ogni giorno di plenilunio. Rientro in casa, apro la cassa di legno e svolgo i brani di carta arrotolata. Scrivo così, mi affido ai segni neri che per me sono parole.
C'è spazio per tutto quello che prima, seduta sulla pietra, ho ricevuto. Erano sussurri ma ho uno speciale orecchio, un ampio spettro, un'eredità d'animale. Non mi sfuggono i campanelli dei germogli in apertura sui rami né i passi delle volpi che fanno il contropelo al velluto delle notti.
Chiamo a raccolta le corde vocali. I miei vicini ogni venerdì si chiedono molte cose.

*

Cantare cantavo bene. Capire nessuno capiva. Non si poteva ammettere, ma i paesani s'azzardavano nell'ombra per stringersi a qualche tronco vicino alle finestre semiaperte, e anche questa sera- per ascoltare- solo due minuti. Non riuscivano a vedermi, dai vetri passava una rossa luminosità di candela.
Gli adulti dopo aver spiato scivolavano fino alle case. Aspettavano prima di entrare, con un'occhiata alla luna.
Tenevano stretta per un poco la mano delle mogli- "Non temere, piccolo mio" loro dicevano in un soffio- e dopo un bacio ai bambini sospiravano, cadendo sulla sedia.
Tutto per il maleficio di un minuto dei canti della signora del venerdì. Appena toccavano il legno si accorgevano d'avere secca la gola e dicevano alle mogli: "Ho sete, ho moltissima sete questa sera."

*

Spiego per aria la tovaglia e la stanza si profuma di lavanda e altri fiori. Tutto è pronto. Sulla pelle del pane con la treccia si è scurita una crosta di sesamo.

Se accendo le candele e parlo non guardo, perché quello che sta per arrivare non ha volto che si possa conoscere.

Finalmente porgo il benvenuto. Da un po' di tempo si presentano in tre. Senza vedere so che sono entrati. Non potrebbero esistere senza il mio invito.

I paesani, di là dal cancello, sono immobili.

Cercano di spiare, non perdono una sola nota- è sorprendente che sia una vecchia, si tratta di un canto d'amore.

Sanno che è ora di lasciarmi sola quando inizio a mangiare e bere in compagnia.

Stringono i denti uno contro l'altro. Chi si fa felice con l'invisibile, forse perfino con l'inesistente, è da invidiare.

Un giorno dopo l'altro, luna dopo luna percorro porzioni di tempi, profezie, insegnamenti fino a che si compie un anno.

Ricamo ai lati della tunica scene di giardini, piante, uccelli, frutti.

La sera di cui parlo era vestita all'opera delle mie dita.

Intanto, mentre mi prendo cura di tutto quello che è rimasto di me a parte me, dalla finestra uno dopo l'altro entrano di nuovo i viandanti.

Sono contenti di come abbia imparato a ricordare.

Mi donano abbracci, protezioni, sogni e saluti. Mi fanno i complimenti per la veste, per l'idea che ho saputo realizzare applicando, al posto delle gemme che non possiedo, i colori delle creature viventi.
Ogni venerdì ritornano dalle loro città.
"A Ulm, nei ricordi e nei sogni, ero un maschio", mi dice uno. "Ero bambino e me ne andavo, nemmeno ben coperto, per vicoli di ghiaccio notturno. C'era il vento a inalberare l'acqua di un grande fiume e i fiati della Foresta Nera torcevano le chiome sopra i tronchi. La mattina, ancora all'alba, vedevo gli uomini uscire di casa. Neri cappelli mi scivolavano a un lato dell'occhio e li seguivo. Era il mio mondo, era piccolo notturno e recintato, conteneva tutto il bene.
Nel giorno aspettavo la notte, quando sarei entrato dietro a qualche filo di barba dentro una bottega di cambio di denaro. Uno stanzino buio che puzzava di muffa e di freddo- si risparmiava in carbone, senza una latrina, senza finestre.
Da posti così partirono i tuoi, i miei, verso il paese in piena luce. Venezia e da Venezia a Genova. Pavia, Milano, Mantova. L'Italia con i boschi tiepidi, i mari che non corrono troppo. Questa è la nostra discesa, anche la tua. Ricordi?"
E così, tra un brindisi e un racconto, arriva il momento.
Ancora seduta dietro al tavolo dico ai presenti: "Appena la luce della seconda candela sparirà anch'io sparirò."
C'è una porta, sono arrivata allo stipite.
Voglio entrare bella e ben vestita.
Questo giardino, la casa, il paese, mi hanno inse-

gnato la riparazione. Ho imparato in un anno la natura e la sua legge. Ho osservato e ascoltato. Ho lasciato che i capelli fossero una mantella d'inverno e ho tenuto il pavimento della casa liscio e pulito. "Ho imparato l'umanità", dico ai presenti. Perciò entro viva.
"Venitemi dietro, venite con me."

*

Il bambino ha nome Giuseppe. Nome comune da queste parti, niente di speciale. Di speciale ha la vista. Nulla gli puoi nascondere.
Corre per catturare un geco, che è verde e giallo e lui così non ne ha ancora incontrati. Il geco entra nel giardino della straniera che canta da sola.
Il cancello è aperto e Giuseppe finalmente tiene tra le dita la creatura che palpita tira fuori la lingua e ha molto affanno. La coda dell'occhio del bambino, *flap flap flap*, raccoglie all'interno della casa la penombra di un'ala, di qualcosa o qualcuno che oscilla e che vola- non è un uccello, è troppo grande e poi Giuseppe corre a chiamare gli adulti. Ha liberato la bella lucertola e ora è il suo cuore che ansima.
"Come avrà fatto un nodo così perfetto?", chiedono gli uomini.
"Dove avrà trovato il filo per intrecciare disegni tanto belli sulla tunica?", dicono le donne.
Qui in paese non esistono matasse di seta.
"Chi avrà mangiato insieme a lei? Ci sono segni di visite, candele e fette di pane per gli ospiti", si domandano le vecchie.
"Nemmeno un po' di pietà?", così parlano e deci-

dono i nonni: “Fate silenzio. Scaveremo qui, davanti alla casa che è stata sua. Nel nostro cimitero non possiamo, nessuno sa chi fosse. Meglio lasciarla dove la sera sedeva sotto gli alberi.”
Non ha nemmeno un livido mentre la sciolgono. Non ha segni intorno alla gola. La posano fuori, sulla terra. Le donne raccolgono oggetti, starà con le sue cose- i candelabri, i libri con i segni, i fogli con gli stessi segni.
Infine la distendono.
“Giungeremo queste mani in croce oppure no? E se non lo volesse?”
Giuseppe è il solo bambino ammesso di diritto alla sepoltura.

*

Passano mesi, tornano stagioni.
Giuseppe cresce, diventa uomo.
Dovrebbe sposarsi e non ne ha voglia.
Le ragazze del posto non gli fanno effetto. Alcune, lo riconosce, sono perle che resteranno custodite soltanto qui.
Sogna, vede terre, è lì che vorrebbe essere. Legge storie.
Il giardino ancora esiste e un signore ogni tanto lo pulisce dai rovi ma la casa non l’ha voluta nessuno. Giuseppe la sera si mette a sedere proprio vicino alla fossa.
Ha sviluppato nel tempo soprattutto l’udito e adesso conosce tutte le melodie della signora del venerdì, che da bambino ha trovato per aria.
Sorgono dalla terra benedizioni, lodi, lamenti. “Ce n’è uno per ogni esigenza”, pensa Giuseppe. “Re-

stare qui, sotto la luna- è tutto ciò che desidero."
Ogni tanto parlano così: "Sarà un tuo incantesimo di morta? Mi tratterrai su questa zolla e dovrò io stesso morirne?"
"Dove sei?", domanda la voce di sotto.
"Eccomi", risponde Giuseppe, "ho appena imparato la benedizione per i viaggi in mare senza tempeste, come sarà il mio con il tuo appoggio. Partirò su una nave, lontano da questa fossa. Tornerò a farti una pietra di granito, così quando vai in giro troverai la tua casa. Tu mi hai insegnato tutto quello che sapevi e ora voglio uscire da qui."
Giuseppe non ha paura di raccontare sogni.

Muri

Ho tanto viaggiato.
Alla fine dalle orecchie scendeva sangue nel balzo tra decolli e atterraggi. Non è naturale stare per aria, innalzarsi e cadere in fretta.
Paesi sui monti o città capitali di stati- ovunque cercavo e trovavo castelli, torri, muri per difesa. Mi sentivo custodita tra quelle braccia dure, e libera.
Fino a che non mi hanno parlato.
"Guardaci meglio!", dicevano i muri. "È compito per montagne, non per luoghi d'uomini puntare in verticale. Dentro ci sentiamo friabili come sabbia secca."
Dicevano poi: "Sai che cosa ci fa ridere?."
Ero guardinga e non ho mai chiesto: "Che cosa?"
Perché, all'inizio, quando percepivo i lamenti dei muri nei borghi o lungo i viali, credevo fossero sogni delle orecchie.
Pensieri passavano dov'ero io.
Forse non erano voci ma parole rimaste nell'eco.
Ogni volta che vivevo un posto nuovo le pietre prendevano più coraggio. Un giorno ho ceduto all'ascolto.
Sarò anche folle, mi parlano muri ma che cosa importano la provenienza, la proprietà, delle parole? Sono scambiate, offerte a ogni istante e in ogni luogo. Dall'offerta reciproca dipendiamo. A che scopo sapere da dove arrivino?
Chi può garantire con certezza l'assenza di respiro in questa pietra?

*

Ecco quello che ho ricevuto dalla viva voce di alcune indurite – solo in apparenza – stabilità da muro. Mi limito a ricordare e non posso aiutare nella traduzione, tanto è oscuro il contenuto.
È linguaggio murario, in fin dei conti.

I castelli sono autoironici.
Ridono nelle ore notturne, perché sanno che non si può scappare nemmeno per un terremoto. Il destino che li ha visti costruirsi non è un vero destino, ma una pretesa e si può, appoggiati agli smerli, solo uccidere o respingere.
Andarsene, allontanarsi in caso di pericolo non si può. Si resta in trappola.
Sarai sempre raggiunto se vivi in alto, a meno di buttarti giù e schiacciarti da solo.

Anche i grossi blocchi attorno alle città dubitano, da che esistono, dell'efficacia del contenimento.
"Nessuno straniero entrerebbe", mi dicono, "però guardati attorno, fai un giro completo e poi torna e parlaci di che cosa hai notato."
Io vedo che esistono porte per entrare e uscire perché gli abitanti, che non si conoscono tutti, non restino imprigionati.
"Sì, almeno in noi ci sono porte. Più fortunati delle pietre dei manieri, ci apriamo in più di un solo punto", dicono, "Però rifletti. Essere sicuri con ingressi che chiudono la sera? Che cosa resta escluso? Se non lo invitiamo, non lo sapremo. Potrebbe diventare, là fuori e lontano, molto più forte di tutti i lucchetti. E poi?"

*

Così, dove più e dove meno, nel corso dei miei viaggi annotavo discorsi di pietre rosate, grigie, graniti fosforescenti e infine potevo ascoltare anche fiati residui nel cemento dei palazzi.
Poi smisi di andare su e giù per il mondo.
Restai in quella città.
Dove i muri e le voci dei palazzi furono sempre più sottili, quasi muti.
Non ridevano mai.
I loro decisori erano stati geometri con scarso appetito per i dettagli e zero tagliato nell'arte degli stratagemmi di difesa. Sarebbero stati più fermi fatti di carta pressata.
Erano vecchi e soffrivano, spaccati in molti punti già dopo un anno dall'edificazione. Stavo in pena al loro cospetto. Avevano bisogno di qualcuno che ne accogliesse i lamenti.
Finché un giorno ho avuto un'idea.
A quel tempo abitavo proprio in uno di quei palazzi. Invitai nel mio appartamento quasi vuoto una persona, per una diagnosi e forse un trattamento.
Si chiama Alma. Invidio il suo nome celeste. Una guaritrice tanto brava che cura le pietre.
La preferivo senz'altro ai muratori, che avrebbero solo rattoppato le crepe.

Serviva, lo sentivo, un'indagine intima, che andasse all'origine dei cedimenti.
Alma portò nella stanza più luminosa quattro registratori, uno in ogni angolo. Preparò sul pavimento un fuocherello con un po' di corteccia di

rami tagliati tre giorni prima, cinque chiodi di garofano, rosmarino seccato e foglie d'alloro all'olio di palo santo.
Accese la miccia e fu subito fumo. Il muro di sinistra tremò e anche gli altri scossero i pori, i vuoti- per inalare a più non posso.

"Sapete chi erano i vostri padri?", chiedeva Alma.
"Non abbiate paura. Ricordate. A che cosa è servito scavare montagne, trasportare massi, tritare, mescere, fare forme regolari per sistemarvi secondo un calcolo che non ammetteva slittamenti? Siete ciò che siete, e va bene, perché non potete opporvi alle manipolazioni.
Potete sapere, riconoscervi. Chi erano le vostre madri?
Nessuno di voi, un tempo, è mai stato una casa né un muro. Non siete solo questo.
Che cosa sono le case, fatte di voi? Non siete voi. Sono fatte di voi, ma è diverso."

Alma domandava e non aspettava. Smise quando si spense il fumo e ringraziammo la stanza per averci accolto.
"Bisogna attendere tre giorni, poi al primo alzarsi di luna tornerò e sapremo qualcosa, speriamo."
Fu puntuale, tornò con i quattro registratori e li accendemmo in sincrono. Era vestita tutta di rosso.
"I muri di una stanza parlano insieme", disse.
Nemmeno conoscessero le tragedie greche, i registratori ondeggiarono in coro: "La montagna è nostra genitrice e ha molti secoli per concedersi alla morte, ma piano piano, pianissimo e prima o

poi inizia sempre a cadere. Pezzo a pezzo. Così ricordiamo, ma non abbiamo parole umane per quei tempi.
Più vicino a voi, alle vostre immagini, un vento d'estate passeggia sulla testa di sassi bianchi, piccoli, ridotti al minimo, staccati dalla montagna, caduti giù dalla madre.
Scrisc scrisc, veniamo anche dal mare, prima eravamo sulla spiaggia, ci ha presi l'onda e ci ha buttati di nuovo sulla terra, dove a furia di battere d'aria e di piedi siamo adesso solo sabbia e siamo lievi.
Sulla sabbia ci sono capanne, cambia il vento la sera e la notte finiamo sotto un tappeto. Tra le capanne ci sono tende, e sono le porte.
Slap slap, si aprono le tende ma nessuno entra mai attraverso i teli senza permesso e non si guarda dentro. Guardare sarebbe giudicare.
Entrare con cardini e chiavi sarebbe possedere codici.
Dove crescono uomini, prima o poi crescono anche fortezze."

"Oh Alma falli tacere, ti prego, ma che senso ha? Non possiamo certo evitare di farci ripari che durino."
Ero esasperata e delusa.

Ognuno sa che la pietra viene dal monte o dall'abisso, che serve a costruire, che nessuno rinuncia a stare al sicuro. Si fabbricano certezze, per gli esseri umani è così e non sarà la pietra originaria a impedirlo.
Per me la novità era che alla pietra il suo uso non

piaceva per nulla.
"Spegni, Alma, ho capito. Ho bisogno di una casa, che piaccia o no. Ma una casa non è un muro."

Furono queste le mie ultime parole.
Adesso, nel boschetto che mi è stato assegnato in custodia con le pietre che trovo camminando faccio molte belle cose.
Tutto, tranne che edificare se proprio non serve.
Dove ora vivo, per dirne una, non esistono monumenti alla memoria nel tempo.
Lascio le pietre a lucidarsi nell'acqua e quando il sole cade nelle pozze le pietre sembrano piccoli fuochi colorati o pesci trasparenti che nuotano.
I confini con gli altri boschetti abitati – qualcuno con molta più acqua e altri con più ombra, tutti diversi dal mio e tra loro – non li ho mai decisi.
Si formano da sé e noi ci limitiamo a riconoscerli.

Dentro il vago tempo

Vago non significa indeterminato. Forse indeterminabile. Non abbiate intenzione di arrivare da nessuna parte, in questa storia spaesata. La si può ignorare, è in fondo al tutto per questo- non invade né interrompe. Il racconto è oscuro e faticoso? Non può farci niente. Se non gli viene offerto un diritto per esserci anche così, zoppo e infangato, è a me che chiederà una rivincita. Perciò non posso eliminarlo.
Ignoratelo, non giudicatelo.
È semplice. Vuole restare qui, ma voi potete andarvene.

***

Anche se le grandi acque dormono,
Che esse siano l'oceano
Non possiamo dubitare.
Nessun dio vacillante
Accese questa dimora
Per spegnerla

Emily Dickinson

Non so da quanti anni io sia qui. Se sono ancora viva? Nemmeno questo è sicuro. Finché scrivo lo immagino. Dico *qui* e intendo una dimora, una vera e propria casa- e dentro io.

Mi piacciono i pavimenti pitturati a mano e cotti nei forni da un artigiano. Quando il sole, che non chiede permesso, si ferma sulle piastrelle il disegno perde colori e si vede soltanto luce.
Le stanze, in principio, mutavano di numero ogni giorno- una mattina erano dieci e un'altra venti, mai di meno o di più. Me ne sono accorta e ho smesso di interessarmi alla stranezza.
La cucina non ha porte e la occupano piatti sempre pieni. Chi li ha portati?
A scegliere il pane con le mie mani e gli occhi, con l'odore, io non rinuncio. Esco la mattina, il forno è dietro l'angolo e la gita è breve. Torno dentro e arrivo al tè.
Luci si alzano dal chiuso delle cose comuni.
Seguo l'orma di striato marrone sulle bianche sponde curve di ceramica. Per dita di donne sono passate le foglie che lasciano più di un'immagine lungo gli argini della gola speziata. Le donne sporgono dai precipizi appena è pronto il raccolto e si concentrano da mattina a sera, a bordi di rocce e terra, sotto venti in corsa per le cime oltre le nebbie.
So quello che ricordo, ma non parla di me. Mi si offre una memoria e non è mia eredità. Chi mai può sapere quello che non sa?

*

Il quartiere è un gruppetto di case di una città di confine, che non è scelta per amore. Per le sue vie non circolano desideri.
Non esiste nella casa una tastiera ma ho trovato sopra il tavolo carta sottile come piace a me. C'è anche una penna nera.

La sedia per il tavolo è parte dello stesso albero. È bassa e pensa sempre alla terra, così affido il mio peso a una foresta di palissandro.
Il vento dalla finestra sempre aperta si alza contro i muri e cambia di continuo i pensieri, come faceva con il deserto. Quando vivevo nel deserto e non trovavo l'acqua strofinavo la pelle con la sabbia, per lavarmi. Un elemento è disponibile al posto di un altro. Imparavo dalla sabbia anche la volatile architettura senza radici, l'abitavo senza paura. Sotto la tenda scabra che mi ospita ancora la mente, rinuncio all'orma che si cancella appena si posa.
Sola e sconosciuta in paese e dentro casa, non sapere più niente di me è una specie di gioia.
Accendo granelli di rosa, sandalo, mirra.
Siedo per interi giorni di fronte alla carta, immobile. Senza una tastiera scrivo di nuovo con tutto il corpo, come se avessi sette anni. A sette anni ero sinistra e non rimanevo in riga. Incontravo la resistenza di una direzione deviata con una diga, con mille dighe e forze. Forse ricordo i ricordi di altri? La mia lingua d'infanzia non è conosciuta qui.

Nella stanza con gli armadi trovo una camicia e uno scialle ben stirati, insieme alle gonne pronte sul letto. Sono forme, filati e consistenze che non ho mai considerato adatti a me.
Alcuni andranno nel forno, tanto sono inguardabili.
Non mi chiedo a chi sia servito il mio vero guardaroba. Amavo la seta, una carezza dopo l'altra stavo attenta a non schiacciare scintille. E adesso e qui?

Davanti allo specchio scelgo l'unico abito che non è soltanto una veste. Forse non è adatto a un eremo, è troppo leggero. Sono tutta in bianco e ho un laccio di luna al collo.

Non ho ancora fatto l'abitudine al risveglio dentro un letto estraneo e ci metto un po' a raccapezzarmi.
A colazione trovo frutta e semi, formaggio con olive, le verdure e l'olio buono. Ogni cosa è parata sopra la tovaglia, io ricordo solo di aver scelto il pane.
Il tiglio unito a fiori di gelsomino in un barattolo verde è sigillato al respiro della stanza perché non si dissolva. Nel piatto azzurro sono in piedi e si toccano, in punti di rotondità e a seconda della stagione: rossi di mela, gialli a macchie di pesca, rosa di pompelmo, verde strisciato di zucchina in autunno. Da piccole bocche di velluto, nei ricci in fondo alle spine sporgono castagne. M'incanto al colore di terra, di poca acqua, di lisce fibre nei contenuti che una pelle di dattero mostrerà solo in bocca.
Se qualcuno sapesse come le polpe prendono vie di carni trasformandosi in me, se conoscesse il segreto per vedere il cibo prima di accettarlo, direbbe che io so – per quanto non sappia – che cosa significa nutrire.
Siamo madri ogni volta che mangiamo.
Ci sono mazzi di viole sul tavolo.

*

Sono io a decidere quando potrò scrivere?
Sono miei il sì o il no alle parole nelle cose.
Le cose non sono nello scrivere. Vengono dagli altri mondi.
Ognuno si prepara a entrare nel foglio a modo suo.
Io faccio così.
Primo tempo a quattro zampe, ginocchia e palmi al pavimento, cerco il segreto di chi sempre si rialza- la postura all'origine del giorno.
Muto in un essere umano.
La crespa lingua del mio animale preferito, una tigre di colore arancio, mi lava fino in alto le gambe appena emerse dal fango.
Secondo tempo, essere in piedi.
Custodire l'esempio dell'albero lungo il fiume. In attesa che avvenga l'incontro basta non fare nulla.
Non correre da una camera all'altra, nemmeno per esercizio.
Rimanere fermi.
Possono allora arrivare passi stretti veloci di bambini che chiamano madri, sorelle. I padri sono densi, enormi. Le donne slittano sul cristallo e sono accompagnate da fiati di animali grandi o minuscoli. Sono qui per i figli, le amiche, l'impronta di una mano.

*

Fuoco fuochino, stammi più vicino, il buio è nella tana, la luna si allontana e io sono un bambino e porto un lumicino a tutti gli animali che non hanno più le ali. Il coniglio è ancora caldo ma non fa più flicflicflic e di notte accenderò tutto il buio che potrò, chiederò alle mie sorelle di portargli molte stelle e nel sogno fuggiremo, le carote mangeremo e per sempre resteremo.

Sottrarsi alla canzone di un coniglio che presto sarà cena e mi fa l'occhiolino dalla sua gabbia?
È impossibile.
Non c'è nessun altro, nessuno insieme a me.
Nella prima storia che ho scritto non piango una lacrima per la bambina che ama i conigli e si lamenta a vederli in catene. Sette notti dormo addosso a una creatura bianca e nera prima che diventi corpo di uomini che possiedono casa, terra e vite di cui decretano il tempo disponibile; non un attimo in più, per nessuna ragione.
Di notte dormo con quel coniglio e so che avrò sempre tre anni.
Di giorno resto con i fogli in mano, che diventano cenere a contatto con l'aria e me ne spargo la fronte e i capelli. Seduta a terra riporto ogni suono, ogni sosta e rincorsa dei tempi.
Spero di aver reso un favore a chiunque sia chiuso, ai conigli in attesa dell'arrosto e alla bambina.

*

La strategia per vivere i giorni nella casa sconosciuta sta nel passare dall'incontro alla parola all'immagine di quello che, nella parola, sparisce.
Com'è accaduto per le stanze mutevoli, acquietate al tacere della mia pretesa di ritrovarle al servizio d'un personale orientamento- quando mi stanco

di scrutare il racconto alla ricerca del principio, proprio allora schiarisce, si ravviva, diventa campo di luce. E vedo.
Dentro la luce vedo una mano sinistra.
La mano trova sempre un modo di comunicare con la superficie.
Storie che vorrei ospitare in un cerchio di tende, con il fuoco in mezzo e uno strumento a corde costruite coi legamenti di quell'uccello cacciato e ringraziato. Dalla sua morte s'inventa la prima musica.
Ma non so se avrò voce fino a domani.

*

"Venga, entri, benvenuto, finalmente, eravamo tutti in pena, sappiamo, sì sappiamo. Si metta nei nostri panni, quando avviene non siamo pronti all'azione, e possiamo solo vegliare.
È presa dall'ossessione per le fragole, le pesche, le arance. Le tira fuori dal frigo, le fotografa, a lungo guarda dentro, come se quel frutto avesse un cuore. Serpi sottili di colore rosso si addossano e si fanno spicchio. Alcune sono protette, altre no. Appena le premi tra i denti esprimono succhi e profumi.
Ossessiona anche noi, le dico! Che prima di far entrare un'arancia nella gola ci sentiamo obbligati a guardarla e solo così possiamo ingoiare.
Non sto a raccontare quante pietre raccolga sopra e sotto la superficie della terra del prato. Con unghie scure a contrasto con l'abito afferra piccoli sassi e contro altri più porosi inizia a battere fino a che non diventino polveri- toni di grigio, di

rosso e brillantini di granito. Poi versa i pigmenti in vasetti di vetro e li sotterra.
Il prato è pieno di vetro, il vetro è pieno di colori.
Un giorno ha acceso il forno a cupola in giardino, l'abbiamo fermata a mala pena. Aveva ricevuto da un'amica (e chi?) l'invito a fare cenere di certi abiti. Solo un vestito da monaca ha indossato.
Lo vede- sembra un fantasma tutto nuvola, anche negli occhi. Piange in silenzio.
Con una faccia meravigliata – mentre danza e legge fogli vuoti – a voce alta, bagnata, ripete di continuo le stesse parole, l'identica storia.
Allora forse può ancora ricordare, dottore?
Perché finge di non sapere dove sia e chi siamo noi? Per lei siamo morti?
I suoi occhi di neve ci oltrepassano.
Ieri strofinava dappertutto un miscuglio di aceto bollito con la salvia. Per allontanare ogni illusione di futuro, tutti soffochiamo ancora nel fumo.
Quello che ci interessa, lo capisce, è la memoria di un decoro, la speranza che ritrovi un minimo ritegno. Non che non l'amiamo più- ma non sappiamo perché felice e contenta siano proprio le parole più vicine allo stato favoloso di mia madre qualche volta. Non è sempre così, è vero. Lo sa bene, l'ha medicata per strada mentre urlava contro tutti gli specchi del mondo. In casa ne ha risparmiato solo uno che dobbiamo coprire. Adesso la mattina la troviamo dal fornaio, esce quando ancora dormiamo e aspetta che la bottega apra. Gli abbiamo parlato, sa come trattarla, lei è sempre contenta con il suo pezzo di vaporosa forma sotto il braccio.
Perché preferiremmo che se ne stesse chiusa? È sua la casa, e suo è il diritto a uscirne, sì, lo sap-

piamo. Ma è in pericolo.
Non fa che scrivere con una penna senza inchiostro, recitare da invisibili partiture, leggere cose mai scritte, andare ballando da una stanza all'altra, fermarsi nel punto in cui lo stipite corona il rettangolo di un'entrata, pregare.
Mostra tale devozione che rimaniamo in ascolto e quando tace siamo in attesa che ricominci. Non dorme più nessuno in questa grande casa, da quando mia madre vive così."

*

"Signora Sara, stia tranquilla, ci sono io adesso. Il mio nome è Giuseppe, in sogno soccorro tutti.
La riconosco, mi vede? Sapevo che i suoi figli mi avrebbero chiamato prima ancora di arrivare in città. Raccoglierò quello che ha scritto e quello che ha nascosto.
Come si sente? Anch'io volevo guarire e le sue fiabe mi hanno tenuto in grembo, mi sono ricostruito dentro di loro. Conosco la sua voce nell'intimo, per me è come di madre.
Lo sa? Lei viene da luoghi da cui non si torna e invece eccola qui. Sono così contento di vederla. Mi ascolta? Mi riconosce? Mi crede?"

*

Sara e Giuseppe finirono a brindare insieme, per la meraviglia corale nella casa della matta che aveva ricevuto molti spiriti senza nome.
Il giorno in cui fu col suo erede, lettore e custode, poté abbracciarlo e morire.

Appena arrivata dall'altra parte trovò una casa a prima vista vuota e nella stanza d'ingresso, ammirando un disegno di albero dipinto a mano da un artigiano della ceramica, non riuscì proprio a evitare un passo di danza che divenne un circuito.
"Ricominciamo?" chiese l'albero dal pavimento.
"E come no", disse Sara. "Non vedo l'ora!"
L'albero si alzò dalla ceramica. Sara seppe che il tronco raggelato, quello che l'aveva sopportata durante le sue volontarie cadute di schiena, era la forma di qualcosa di vivo.
Smosso in soffi caldi, si sgranava e ridiventava terra.
I muri della casa si distesero a campi di lavanda, era una sera d'estate di mille anni prima e ovunque si alzavano umidi profumi.
Germogli, foglie, resine, pietre in cui leggere volti e direzioni, gocce di pioggia, lune e civette, sopra l'erba sterco di vacca rinsecchito che diventa fiamma sotto il lampo, volpi che inseguono gatti, lucine volanti, topi in corsa braccati all'ingresso delle buche chiedono asilo alle talpe; un ramo di arbusto di susino percorso tra le dita in cui rimane un fiore di foglie amare, fumo di olio di oppio nero, russano tutti nelle case a quell'ora ma noi restiamo in piedi e dal colle arriviamo fino alla spiaggia, ci posiamo con la sabbia in bocca a pancia in alto e facciamo qualcosa che da sempre si fa.
Stelle uniamo a stelle, le figure fanno le anime, nelle anime covano immagini e nelle immagini gli uomini.

FINE

Sfoglia il nostro **catalogo completo**

inquadrando con il tuo **cellulare**
il **Qr-code** riportato qui sotto

Buona lettura

da **Gilgamesh Edizioni**

www.ingramcontent.com/pod-product-compliance
Lightning Source LLC
LaVergne TN
LVHW091322150826
845673LV00006B/1735

* 9 7 8 8 8 6 8 6 7 7 3 7 4 *